L'ATTENTE

Catherine Charrier

L'ATTENTE

roman

Éditions Kero

Graphisme de la couverture : Ugly design (Prost & Bellon).
Photo de Catherine Charrier : Pascale Lourmand / Éditions Kero

ISBN : 978-2-36658-001-3

À ma mère,
À ma sœur,
À mes filles.

« Hein ! Quand nous serons dans la malle-poste !… Y songes-tu ? Est-ce possible ? Il me semble qu'au moment où je sentirai la voiture s'élancer, ce sera comme si nous montions en ballon, comme si nous partions vers les nuages. Sais tu que je compte les jours ? »

Emma à Rodolphe.
Gustave FLAUBERT,
Madame Bovary

J

C'est ce jour-là que j'ai commencé à l'attendre. Le moment où ma vie a pris la forme, impalpable et fuyante, de l'attente, remonte à ce rendez-vous à Nantes, dans le parking souterrain de la Cité des congrès. L'endroit m'est devenu familier : les amants clandestins acquièrent vite la science des lieux cachés. La géographie de la ville qui vous berce depuis si longtemps change le jour où commence une liaison. Elle se dessine alors en repaires, en caches, c'est la forme d'une ville de Julien Gracq revisitée pour fugitifs, réfugiés de l'amour et d'autres errances logés à la même enseigne. On y voit alors ce que ne voient pas les autres, on y traque des lieux de rendez-vous, tranquilles et anonymes, des sentiers, des coulées de verdure dans le bitume, des squares aux bosquets protecteurs, des no man's land portuaires caressés par la brise de la Loire quand il y faut un peu de romantisme, et parfois des endroits plus prosaïques, des parkings, des centres commerciaux, des McDonald's. Intelligibles seulement à ceux et celles qui ont apprivoisé la dissimulation.

Ainsi la Cité des congrès offre-t-elle aux amants, ses entrailles fraîchement peintes de rouge et de vert tennis, d'une propreté parfaite, à toute heure du jour et de la nuit. Juste au-dessus, l'Erdre retient ses eaux langoureuses avant qu'elles ne glissent dans une Loire repue de tous ses affluents. Sur ses rives les herbes sauvages échappent à l'urbanité du lieu, nous venons d'y faire quelques pas. Je le conduis, lui, Roch, jusqu'à l'ancien stade Marcel Saupin, encore debout, antre mythique des Canaris, écrin de leurs gloires passées. Nous y trouvons une porte laissée ouverte par un homme d'entretien, qui a posé là son tuyau d'arrosage. Nous pénétrons main dans la main dans l'arène sacrée. Curieusement je me suis intéressée à ce club de football au point d'en connaître un peu l'histoire chaotique, et quelques héros. Je les lui raconte avec emphase, il n'y entend rien et m'écoute, charmé et incrédule. Le vieux stade de ciment déverse ses gradins vides vers la pelouse éclatante, vestige jalousement entretenu. Le football bon enfant qui anime encore la ville, le joli jeu à la nantaise sont nés là. Le lieu déserté, inondé de la lumière de midi, en garde un certain panache. Roch me regarde ôter mes sandales et fouler pieds nus l'herbe rase et scintillante de gouttelettes. Il me rattrape et m'embrasse à pleine bouche au pied des gradins désaffectés. Sa tête s'imprime au-dessus de moi, dans cet angle qui est le sien pour me regarder quand nous sommes debout, parce qu'il est tellement plus grand. Le soleil blanc brille haut. En contre-jour, ses yeux bleus me fixent, intenses, sombres et tranchants comme de l'acier. Ils passent partout sur mon visage, scrutent les joues, la bouche, le front, les oreilles, comme s'il cherchait quelque chose, une évidence qu'il ne trouve pas. Il dit :

« Tu me possèdes, pourquoi ? »

En guise de réponse, je lui souris, je pose mes pieds nus sur ses chaussures, je me hisse debout sur les siens, pour me rapprocher de son visage. L'homme d'entretien sort par une petite porte sous les gradins, il nous voit, il surprend ce geste enfantin, se détourne et s'approche :

« S'il vous plaît, le stade est fermé.

— Je voulais juste lui montrer, monsieur, merci. »

Nous rentrons gauches et serrés vers le parking, je porte une robe bleue à fleurs, et lui une chemise blanche légère. Je crois que l'amour nous fait paraître beaucoup plus jeunes que nous ne le sommes. Entre nos voitures garées côte à côte nos corps se collent. Deux mois ont passé depuis notre rencontre, mais nous ne pouvons pas nous approcher l'un de l'autre sans que nos corps s'aimantent. J'ai perdu la pudeur des gens raisonnables. J'ai trouvé une audace, une sauvagerie presque, tapie au creux de mes sentiments pour cet homme. Il soulève ma robe sous laquelle mon désir brûle. Il me dit :

« D'être avec moi… je ne te comprends pas.

— Je ne sais pas, cela m'est égal, ce n'est pas grave. »

Comment, dans une vie en apparence rangée de jeune femme éduquée, il m'est devenu possible et même enviable de m'abandonner entre deux voitures dans un parking, cela ne cessera de m'intriguer, au fil du temps.

L'ATTENTE

Ce temps qui devient attente, à l'instant précis où il me quitte dans le parking. Il remonte dans sa voiture, et je suis debout près de la mienne. Je m'appuie sur le coffre, comme pour récupérer, un peu sonnée par notre étreinte, grise de la douceur et de la violence mêlées, je le regarde effectuer sa manœuvre. Il a baissé sa vitre et là, au moment où il repasse devant moi, assis au volant, le coude sur la portière, je m'approche pour l'embrasser, nos bouches se collent l'une à l'autre et je vais le perdre à nouveau, mais avant de partir il me dit cela, en roulant déjà, en s'en allant, il le crie presque à cause du bruit du moteur : « Si cela continue, dans un an je la quitte et je t'épouse. »

C'est là, lorsque je saisis la phrase dans son entier, et qu'il est déjà plus loin, que cela se passe. Il ne m'a pas laissée répondre. Il accélère dans la rampe de sortie du parking et je pense : « Un an, attendre. » Oui, je vais l'attendre. Attendre comme on respire. Calmement, sans s'en apercevoir.

J + 13

C'est dans la campagne entre Rennes et Nantes, là où commence la Bretagne je crois. Le pays des fées n'est pas si loin. Nous nous sommes rejoints vers Chateaubriand, lui venant d'Angers et moi de Nantes, chacun dans notre voiture, sur cette terre hybride, où s'estompe la douceur ligurienne et où la rudesse granitique affleure. Assis à califourchon sur un banc au bord de l'étang, sous un peuplier, Roch regarde les cartes postales par-dessus mon épaule. Il est dans mon cou et dans mes cheveux mais je le devine attentif, il écoute. Je lui ai apporté mes tableaux, je voulais à toute force partager avec lui ces quelques images. C'est à l'École du Louvre que j'ai commencé à les collectionner. Il fallait avoir tant d'images d'œuvres d'art en tête, en une année d'étude on en verrait des centaines, mais à l'examen ils nous en montreraient quatre, cinq points par image, reçu collé. Partout où je vois des tableaux, des sculptures, dans les musées, dans les expositions, dans les villes, je me suis mise à acheter les cartes postales : *La Fuite en Égypte*, Michelangelo Merisi detto il Caravaggio, galerie Doria-Pamphili, Rome, *Portrait de Madame de*

Sennones, Jean-Auguste-Dominique Ingres, Musée des beaux-arts, Nantes, *Pablo de Valladollid*, Velazquez, Prado, Madrid…

J'ai amassé ainsi dans une vieille boîte en bois ciré des centaines, peut-être des milliers de cartes postales de tableaux. La fidélité aux couleurs varie, il s'agit si possible de trouver la meilleure reproduction de l'œuvre. Certains éditeurs s'y entendent et d'autres pas. Le catalogue non, ça n'est pas pareil. La carte, c'est pouvoir regarder l'œuvre en entier, seule, isolée des autres, du texte, de ses commentaires. Et là on sait si c'est un tableau, si on va penser à elle, vouloir la sortir de la boîte pour la retrouver et la regarder à nouveau. Au sortir d'un musée, si l'œuvre ne vous dit rien en format 10×15, c'est qu'elle ne vous dit rien en vrai. La carte postale ne restitue rien des stratagèmes formels, du spectaculaire, la carte postale parle du fond de l'œuvre, de ce qui reste, de ce que l'artiste a voulu dire. C'est ma façon de cheminer dans l'immense paysage de l'art, sinon je ne comprends pas tout. Perdue sans les cartes postales. J'essaie d'expliquer cela à Roch, cela m'importe de le lui dire, regarder l'art prend une certaine place dans ma vie et j'ai envie que ce garçon l'entende. Je sors quelques cartes postales de la pochette que j'ai préparée. C'était un travail de les choisir, de les extirper de la boîte où elles sont classées par artiste, mais curieusement je suis allée assez vite, je n'ai pas eu de mal à arrêter la sélection. D'un coup j'ai su que j'avais fini, que s'il fallait sauver de l'apocalypse quelques œuvres d'art témoins du génie humain, je serais prête. Je les lui montre : voilà, elles sont là, je lui ai apporté une vingtaine de cartes, ce sont mes tableaux préférés, mes tableaux de cœur. Il les regarde attentivement, ses grandes mains emmêlées aux miennes, il les fait toutes défiler. Il veut que je lui en parle, alors je lui raconte pourquoi je les aime. Il ne connaît presque aucune de ces images. C'est mon jardin secret, ma passion, il sent peut-être que je lui donne accès, à travers ces petites quadrichromies de format identique, à quelque chose de moi que je ne saurai jamais lui dire. Le frisson qui me parcourt à la vue de cette jeune fille au piano de Renoir, de trois quarts dos, avec ses cheveux sur les épaules, pourtant tellement reproduite sur les couvercles des boîtes de chocolat. Oui celle-ci je la connais, me dit-il, la sensibilité de la Vierge dans l'*Annonciation* du Titien de la Scuola San Rocco à Venise, le pied de l'ange si léger sur un nuage gris au-dessus du carrelage, le geste du saint Jean de Léonard de Vinci au Louvre, la perfection de la composition de la descente de croix de Rubens à la cathédrale d'Anvers, l'incroyable réalité du corps du Christ, la couleur de sa chair… Il trouve que j'ai voyagé, les images viennent de pays différents. Il me dit qu'il ne l'a pas encore fait à cause de ses enfants. Je lui réponds avec un brin de malice que je sais voyager avec des enfants, et il ne relève pas. Il est tout à mon récit des cartes postales, il veut les revoir, il s'arrête sur quelques-unes, je sais qu'il les aime aussi, j'écoute son avis, son regard est sensible, délié, différent du mien, mais il vient une sorte de complicité intense entre nous autour de ces quelques images, une communion. Cela se passe au-delà des baisers, du toucher, cela vient de la compréhension de l'autre, de l'impression d'être ensemble, de s'approcher si près de quelqu'un qu'on le sent en soi, comme soi. Nous nous aimons, je le sais, il me le dit. Il me prend dans ses bras, autour de nous des gens sont venus au bord de l'étang pêcher, jouer, lézarder. Le soleil et l'ombre font des taches sur nos bras nus, à travers les feuilles de peuplier, et la lumière palpite sur nos chairs avides l'une de l'autre. Il glisse ses doigts dans mes cheveux châtains mi-longs coupés au carré comme dans les années quatre-vingt. Je n'ai pas su changer de coiffure depuis mes vingt ans. C'est l'été et je porte une robe rouge à semis de fleurs et à encolure princesse.

Pendant tout le temps de l'attente, il y aura des robes, elles marqueront toutes un moment de l'amour. Il viendra un moment où celle-ci, qu'il trouve si jolie, sera démodée, mais je ne le sais pas encore, et lui non plus. La succession des robes c'est le temps des femmes, leurs saisons, leur mémoire. On dit : « J'avais telle robe », comme si quelques centimètres carrés de tissu pouvaient faire date. Ce sont les robes qui marquent, et pas les jupes, ni les pantalons. Les robes racontent les femmes mieux que les autres vêtements, parce qu'une robe c'est d'abord une intention, être jolie, plaire. Il n'y a guère de robe innocente. Mettre une robe pour se parer, mettre une robe pour qu'il l'enlève. D'une robe on dit qu'elle est seyante, un mot dont on s'apprête à oublier l'existence, et qui parle de la mise en valeur de soi. La robe en forme de salopette, bleue à fleurs blanches, qui me donne l'allure d'une fillette, la robe noire moulante à larges bretelles croisées dans le dos qui ressemble à celle d'une vieille pub de bière où un homme fantasme sur une jeune mère de famille bourgeoise et magnifique, et que j'ai mise le jour où nous avons fait l'amour pour la première fois, un mois après notre rencontre, la robe rouge à fleurs jaunes que je porte au bord de l'étang, la robe chemisier en pied de poule vert anis avec une encolure à lacet, la robe de fiancée du surfer en tissu éponge bleu à bordure blanche si courte qu'elle en est indécente, la robe fourreau noire à haut en dentelle, la robe longue compliquée avec des froissements et des bretelles en ficelle, la robe chemise blanche en percale que j'ai achetée dans le Pays basque et qu'il faut simplement ceinturer avant de la déboutonner, la robe dos nu en soie tie & die verte et grise que je portais à la Salle Pleyel lorsqu'on s'est retrouvés après une rupture de quatre mois, la robe asymétrique en soie noire avec une épaule dénudée que j'ai mise pour la dernière soirée passée avec lui, la robe noire en lainage avec une ceinture fuchsia en trompe-l'œil qu'il regarde bizarrement depuis que nous avons rompu, celle-là il ne l'a pas touchée. Roch adore mes robes, la variété de leurs formes, couleurs et matières. Quand je suis en robe je suis à lui tout de suite, il passe ses mains sous le tissu et je suis nue, ou presque, il me dit : « J'aime que tu sois accessible, qu'il suffise d'un geste pour faire l'amour tout de suite, que ce ne soit pas compliqué de te prendre, même sans te déshabiller, j'aime cette idée que tu sois peu vêtue et vite dévêtue, c'est comme un cadeau. » Personne ne m'a encore parlé ainsi. Cette liberté de parole, sur tout ce qui nous lie, et même le sexe, je ne l'avais jamais connue. On dit qu'elle vient de l'intimité, de la vie commune, de l'habitude du corps de l'autre, de sa présence. Non, je ne pense pas, je crois que cette liberté-là existe rarement entre deux êtres, qu'elle est là tout de suite, dans la relation, dans le verbe échangé, ou jamais. Cette liberté-là n'attend pas, elle est à prendre ou à laisser dès le premier jour. C'est peut-être cela qui décide de l'avenir des couples dès la première fois où ils font l'amour. Oseront-ils se le dire, qu'ils sont fous du corps de l'autre, que peut-être leur sentiment n'est fait que de cette folie, qu'il s'en nourrit ? Dans le silence, peut-on trouver cette assurance, cette confiance qui vient de la certitude du désir qu'on suscite ? J'aime les alcôves qui bruissent de chuchotements, de mots murmurés, de phrases perdues. Sinon comment, jour après jour, donner un sens à cet acte, à cette petite chimie des muqueuses ? Dire « j'aime le goût de tes seins, ils sont salés », dire « tu es un coup d'enfer, je ne pouvais pas savoir », dire jusqu'à des obscénités, dire ce qu'on a envie que l'autre fasse pour tendre à la jouissance. Je me souviens d'un tableau émouvant d'Agnès Thurnauer, qui mêlait la peinture à un long texte obscène uniquement fait des mots de l'étreinte, je me souviens de son magnétisme et d'avoir rougi en le lisant devant tout le monde, mais de ne pouvoir m'en détacher. Jusqu'à la rencontre avec Roch je n'avais pas goûté aux mots de l'amour, de l'acte s'entend, à ces phrases faites de trivialité et d'abandon, au mélange du cru et du tendre, du réel et de l'esprit. Je n'avais pas connu d'homme dont la voix sache tisser cette trame vibrante de mots au-dessus de la couche amoureuse, et la conjuguer au silence et au regard. J'apprends moi aussi. Existe-t-il plus grand talent pour un amant ? Je ne crois pas. Notre amour mourra de la disparition des mots, de l'incapacité progressive de Roch à dire de jolies choses, de son mutisme final. À J + 13 il est disert, je n'imagine pas qu'il puisse un jour se taire.

J + 48

Rose est un gros bébé de 8 mois. J'aime l'idée du gros bébé. Elle est un peu trop grosse de partout : des joues, des bras, des cuisses, du ventre. Elle a quantité de petits plis de chair aux aisselles, aux coudes, à l'aine, aux chevilles. Je n'ai jamais rien vu d'aussi réjouissant. Dans ma famille nous sommes tous menus, aussi considéré-je cette abondance de biens comme le miracle d'une nature inconnue, celle de mon mari, venue agrémenter la mienne de ce léger trop-plein. L'appétit de Rose ne dément pas sa génétique charnue. À l'heure très précise du repas, si aucune assiette fumante ne s'annonce, Rose lève ses mains et agite ses petits doigts en tous sens, tels de minuscules boudins, en un jeu de marionnettes gourmandes et comiques, bientôt accompagnés de petits cris, gentils mais fermes. Mais s'il est un morceau de Rose qui échappe à la rondeur et reste en toutes circonstances aigu, acéré, c'est son regard. Elle darde sur son entourage des yeux gris orageux, et lance à la ronde de petits éclairs, joyeux ou coléreux selon l'humeur.

Elle est assise à côté de moi à l'avant de la voiture, dos à la route, dans l'un de ces nouveaux sièges coques en plastique, et remplit le sien à ras bord. Elle a mangé, fait une sieste plantureuse, et observe la fuite des arbres, des toits, des poteaux électriques, des enseignes commerciales. Cette vision allongée du monde environnant la ravit, et elle la commente par de longs gazouillis de contentement. La fin août me ramène en Vendée pour une journée, auprès de ma mère, à qui je viens montrer ce bébé grassouillet et qui hésite entre l'emballement pour toute cette rotondité et un brin de désapprobation : « As-tu demandé à la pédiatre si c'était normal ? Est-ce qu'il ne faudrait pas faire un peu attention ? » Au diable l'austérité, et vive les petons en forme de brioche. Je réponds : « Oui bien sûr on verra quand elle marchera. » Ce « lâcher prise » du gros bébé, petit bouddha éveillé et bienheureux, me convient, je le porte comme un péché bénin, par omission.

Après hésitation j'ai décidé qu'un rendez-vous était possible. Roch passe ses vacances dans ce petit port vivant et sans grâce, Saint-Gilles-Croix-de-Vie. J'ai photographié l'autre jour le panneau indicateur de la rivière qui le traverse, posé sur le pont, et qu'on pourrait manquer par inadvertance, les services de la ville l'ayant flanqué de part et d'autre de deux vasques de bégonias : La Vie. Ce serait donc cela la vie, une rivière, un courant d'eau vive et peu profonde, bercé par la régularité des marées, que l'on regarde du haut d'un pont fleuri de plantes naïves et colorées, bien arrangées, au-dessus des remous et des regrets du cours d'eau qui, dans quelques centaines de mètres, rejoindra l'océan ? L'eau sous le pont est toujours torturée, contrariée, on dirait qu'elle hésite et souffre avant de mourir dans le grand bain atlantique. Je ne me lasse pas de ce pont philosophe, ignoré de la foule des passants en short et tongs.

Pendant que ma mère fait ses courses, j'ai donc décidé qu'une entrevue avec Roch était envisageable, je l'ai appelé sur son portable, nous devons nous retrouver au premier virage de la corniche, après la petite plage qui jouxte le port. Auparavant je passe devant chez lui, une grande maison balnéaire d'avant-guerre aux volets rouge basque à l'arrière du port, à la façade discrète, où j'ai aperçu à travers la vitre une tête rousse furtive, celle de sa fille. Je ne sais pas m'arrêter devant cette maison pour regarder tranquillement. La voyeuse en moi le cède à la timide et à la coupable, mon cœur bat plus fort. De là vient le danger, de cette sphère privée accueillante et cotonneuse, ordonnée, je le pressens, à la perfection. Le moteur de ma voiture ralentit puis accélère, comme si ce n'était pas moi qui lui en intimais l'ordre, et je passe mon chemin. Rose me lance un petit regard perplexe, puis son iris gris repart explorer le monde couché.

Nous arrivons au virage, les pneus crissent sur les gravillons du parking. Il est déjà là, au volant de sa grosse voiture familiale. J'imagine dans le coffre les vélos, le matériel de plage, de surf. Il sort et arrive vers moi radieux, en short et chaussures de bateau, je ne suis pas habituée à le voir en tenue de week-end, ce n'est pas pour moi. Il a l'air incomparablement détendu après ces quelques jours de vacances, loin de son entreprise et de ses contraintes. Je sais aussi que famille et amis rendent ses séjours ici animés et conviviaux. Mais ses mots sont pour moi – Tu me manques –, il me serre fort. Il aperçoit alors le bébé dans la voiture et s'approche, ouvre la portière. Je ne sais pourquoi, j'ai peur alors qu'elle se mette à hurler. Il n'en est rien. Ils se regardent attentivement. Elle lui adresse un regard pointu et une onomatopée de salut.

« Elle se porte bien, Rose, dis-moi… » Le ton est légèrement moqueur, comme si c'était à moi de la surveiller d'un peu plus près.

« Je sais. » Il voit qu'il m'en faut davantage pour désarçonner ma bonne conscience.

Puis scrutant alentour : « Il ne faut pas rester ici, tout le monde passe là. » Nous reprenons chacun le volant, je le suis dans un dédale de rues parallèles à la corniche, surveillant d'un œil ma fille qui suce un hochet dans sa coque tapissée de *seersucker* bleu et blanc. Je crois même avoir mis plus de soin à l'habiller, pour qu'il la voie sous son meilleur jour. Fierté de maman, volonté de lui signifier : « Tu vois, c'est bien aussi, ce que je fais à côté. » Pourquoi mon bébé est-il avec moi ? N'avais-je vraiment pas le choix, ma mère étant partie faire ses emplettes ? Je ne sais plus. Je voulais la lui montrer, certainement, un peu comme un trophée. Mais pourquoi ? Par orgueil ? Cela m'apparaît puéril tout d'un coup. Une maman adulte ne ferait pas ça. Je suis folle, non ?

Les maisons basses étalent leur blancheur et leurs jardins propres de chaque côté des ruelles. Il n'est question ici que de familles, de vacances, d'enfants aux épaules rougies par le soleil, de grands goûters brioche-confiture, des petits fiefs balnéaires dont on hérite, qu'on se transmet d'une génération à l'autre, dans cet effort scrupuleux et émouvant à perpétuer une tradition. À transcender quelques habitudes personnelles, à les ritualiser, à retenir entre soi quelque chose de la vie familiale intime, de la vie entre les plus proches. À énoncer ce lien mieux qu'avec des mots : avec des objets, des murs, des jardins. Tout d'un coup, au volant de ma voiture, je suis Blanche Neige dans la forêt hostile. Les maisonnettes me regardent comme une intruse, celle qui vient troubler l'harmonie du lieu, déranger l'ordonnancement et l'implacable logique familiale.

Le bébé est calme dans sa conque.

Roch s'arrête à l'ombre d'un pin, le long d'une des dernières parcelles de terrain non construites, à l'écart des maisons voisines. Je lui sais gré de cette discrétion. Je laisse les portières de l'automobile grandes ouvertes, pour que l'air circule autour du bébé. La fin d'après-midi est belle sans excès, la brise marine caresse la coque sur le siège avant. Nous nous éloignons prudemment pour être hors de vue de Rose, sans l'affoler.

Son étreinte est forte comme chaque fois que nous nous absentons quelques jours l'un à l'autre. Entre les baisers nous avons beaucoup à nous raconter. Je pense à nos voix qui parviennent aux oreilles de Rose, entrecoupées des silences de nos baisers. Elle ne dit rien, écoute, et regarde les branches du pin parasol se balancer dans le vent.

Comme les hautes herbes nous cachent et que ses caresses se font plus précises, au dernier moment j'ai une pudeur de maman, je m'arrête au bord de la jouissance. Il est surpris. Je lui dis : « C'est un peu trop familial ici. » Il a un demi-sourire, comprenant que le « c' » désigne à la fois la présence du bébé et ce petit quartier de villas aux toits de tuiles roses et aux volets verts ou bleus, disséminées dans de minuscules jardins de mimosas et de tamaris, désherbés fin juin chaque saison, fermés de portails repeints de frais tous les cinq ans, chacun replié jalousement sur un morceau d'histoire familiale. Ni déçu ni fâché, il s'ébroue comme un grand animal et sort de la torpeur sensuelle dans laquelle nous avions glissé. Nous devisons encore un peu dans l'herbe puis le silence vient entre nous, lourd des questions que nous ne posons pas.

C'est alors, après quelques minutes, que nous parvient de la voiture entrouverte, sonore et volontaire, un premier cri, comme un appel, suivi d'autres, plus déterminés, qui attendent une réponse. Je me lève en hâte, accours. Je vois s'illuminer la petite Rose à mon approche. Mais au-dessus de moi la vitre encadre bientôt une autre tête, inconnue. Elle le fixe intensément, fronce ses minuscules sourcils en une protestation manifeste. Ses yeux gris foncé se plantent dans les siens sans peur et l'humeur de son gazouillis vire au grognement. Elle ne pleure même pas, elle râle ! La voilà, la désapprobation que j'attendais. Il m'entraîne deux pas hors de vue de Rose, m'attrape le bras et me dit :

« C'est Verdun.

— Quoi Verdun ?

— C'est Verdun, le bébé de Daniel Pennac dans *La Fée Carabine*, la petite qui fusille tout le monde de son regard.

— Ah… oui, bien sûr. »

De retour à Nantes, je relis les pages de Pennac sur Verdun en jaugeant Rose, en pâmoison devant un biscuit à la cuillère. Les bébés sont forts à l'âge de la coque.

L'attente c'est comme l'estuaire d'un long fleuve paresseux et sinueux, qui, devenu trop gros, peine à se mouvoir. Elle coule à regret vers l'embouchure, hésitant à se jeter dans la mer. Elle crée des remous et des bras morts, se perd dans des marécages. Elle est la Loire.

L'attente est double, elle est celle du coup de téléphone et du SMS, la mise à disposition de soi instantanée sur un signal. Mais à cette vague se superpose une onde plus profonde et plus basse, l'attente de la décision finale, qui est comme la houle et vous berce dans sa constance.

L'attente c'est une histoire de s'autoriser et de s'interdire. L'attente est souveraine. On s'y soumet, ses contingences s'imposent. En son nom, on renonce, on accepte. L'attente est reposante car elle annule toute possibilité de choix. Tout ce qu'on a à faire, c'est attendre. L'attente agit comme une grille de sélection sévère et implacable des éventualités de la vie.

L'attente est une distraction. L'attente c'est comme lire Paris Match *et regarder sans fin les dessins de Kiraz dans les vieux* Jours de France *chez le médecin, avant que la porte ne s'ouvre sur la silhouette blanche qui émettra le diagnostic.*

L'attente c'est vivre dans cette ignorance, assez tranquille, dans cette insouciance de celui qui ne sait encore rien.

L'attente est ludique aussi. En attendant je ne fais que me distraire de l'objet de l'attente.

L'attente est prenante car elle m'absorbe, elle m'occupe entièrement.

L'attente se comporte physiquement comme un liquide. Elle occupe toute la place qu'on lui donne, c'est-à-dire tout le volume de l'existence.

L'attente trompe son monde, brouille les cartes. Son échelle du temps est différente. Une vie pourrait ne pas lui suffire. Elle est dans un autre temps. Elle est gourmande de temps, dévorante. Il se passe si peu de choses, dans l'attente, qu'elle ne se sent bien que dans la longueur, les mois, les années.

La vitesse et la précipitation sont ses ennemis. L'attente prend son temps. L'attente n'est pas de ce siècle.

J + 150

À Angers il habite près du château du roi René, depuis quelque temps. Il m'y invite, les rares fois où *elle* n'est pas là. La première fois, je pense que ce n'est pas possible, de fouler au pied l'aire sacrée du couple légitime, le temple de la vie conjugale. En moi bataille aussi l'idée que s'il m'en autorise l'accès, c'est que ce lieu n'a pas à ses yeux cette valeur absolue et inviolable. Je peux donc y pénétrer parce que j'ai pour lui plus de poids que le serment fait à son épouse. La logique d'une amoureuse emprunte des chemins inconnus de la raison, mais si implacables aux yeux de la protagoniste qu'elle annule comme par magie les scrupules et les questions. Dans l'attente, la logique de l'amoureuse se développe avec une sophistication de la plus haute volée.

Il veut m'y faire venir parce qu'il pense que la maison le raconte un peu.

« Je ne te connais pas assez ?

— Non, pas tant que tu ne connais pas cette maison. »

Pour entrer, il y a ces précautions rituelles de l'adultère, si jamais l'autre était là, si elle était restée, mue par je ne sais quel pressentiment ou par le hasard : une sonnerie, un appel par un prénom qui n'est pas le mien et qui reste sans réponse. Je l'entends encore résonner dans l'imposant escalier qui sert d'entrée.

C'est une très belle maison, bourgeoise et solennelle. Un hôtel particulier d'une grande famille angevine, magistrats, médecins, demeure d'une dynastie désargentée contrainte de céder la place à un entrepreneur des années deux mille. Je l'aime tout de suite car elle lui résiste. Je ne le lui dis pas d'abord. Elle ne le raconte pas du tout, ni lui ni la femme qui vit à ses côtés. Elle se prête plutôt avec grâce, sans indignité, aux tentatives d'appropriation de ses nouveaux occupants. Elle reste belle comme au premier jour, indifférente et nullement affectée par les invasions de design contemporain dont elle se pare désormais.

« Es-tu sûr de l'habiter ? »

Il comprend et réfléchit : « Non, certainement pas, pas encore, j'essaie. » Je crois que personne ne lui pose ces questions. À cause de sa phrase du stade Saupin, il me vient à l'esprit que je le possède un peu par les questions.

Je lui dis que certains lieux ne se laissent pas prendre, qu'ils sont plus forts que les gens. Que c'est pour cela qu'on appelle ces maisons-là des demeures, parce qu'elles restent là où l'on passe.

Il me fait visiter la maison à la manière des guides dans les châteaux de famille de province : là la salle à manger, ici le grand salon, là la chambre des propriétaires, dans laquelle nous n'entrons pas. Voilà, il garde un dernier respect pour le saint des saints, le naos de sa vie conjugale, au seuil duquel s'arrête la visite.

Une seule pièce a échappé à la frénésie de restauration, la chambre d'amis, et c'est là que nous dormirons, cette nuit. Elle me plaît cette grande chambre d'autrefois, où règne sans partage une vieille armoire, de celle dans lesquelles on pénètre comme dans un dojo. Sur une table de chevet trône une sculpture des années trente avec une femme et des chiens en laisse, c'est la seule chose qu'il tient de ses parents. Elle l'émeut, cette petite femme coiffée à la garçonne, emportée par des animaux racés et fougueux, qui tient son chapeau et la laisse dans un même mouvement, pour contenir l'élan des chiens sans rien perdre de son élégance : « Tu lui ressembles », me dit-il. Je lui réponds : « Par quoi vais-je me laisser emporter ? Par toi ? Et d'où vient que je trouve la force de résister ? »

Le papier peint fané à petites fleurs diffuse une douceur désuète, et l'atmosphère imprégnée d'un parfum de poudre et de vieux bois me touche, elle enveloppe nos corps de mélancolie. Nous faisons l'amour sur son canapé clic-clac d'étudiant et il me raconte sa vie après le bac, son année de médecine ratée et de fêtes réussies, puis sa décision de faire sérieusement une école de commerce. « Je garde le canapé, le clic-clac de ma jeunesse perdue, seulement pour te prendre. » Comme il est de dix ans mon aîné, je pense que ma jeunesse est aussi une réponse à la question de Saupin, et le lui reproche, mais nous rions doucement et il s'endort. Il s'endort toujours avant moi, brutalement et sans prévenir il me quitte, alors que les pensées m'assaillent et tournent sans fin autour d'une idée : c'est mon homme, celui que je n'avais pas encore rencontré, et qui m'est donné quand même, un peu tard vaut mieux que jamais. On a tous les deux commencé autre chose mais dans cette chambre je ne le vois pas. Cette chambre appartient aux autres, aux anciens, ils veulent bien de moi, les ligériens et leurs fantômes, ils applaudissent à ma danse de sorcière sur le ventre de mon amant et à mon cri de jouissance nocturne.

Par la fenêtre ouverte entre le bruit du vent qui emporte les feuilles de l'automne. La maison se relâche, je l'entends qui grince. Elle s'en fiche, elle attend son heure, elle aussi.

Tous les jours de l'attente, pendant les premières années, j'attends son coup de fil du soir, même si je l'ai eu dix ou quinze fois dans la journée. Au début, je n'ai pas encore de portable, ça n'existe pas vraiment. Il travaille beaucoup alors il appelle vers 19 h 30 ou 20 heures. C'est l'heure où mes petites filles m'attendent à la maison. Mais moi j'espère le coup de fil au bureau. Les filles attendent un peu plus longtemps leur maman. Tant pis, je les coucherai plus tard, on va s'adapter, elles ne vont pas à la crèche, une nounou vient à la maison, elles pourront dormir davantage le lendemain matin, on va y arriver. Le téléphone sonne et la conversation est de miel, lui il a déjà un portable de voiture et je l'entends rentrer chez lui. Vient le moment où le moteur se tait. Il est arrivé devant chez lui. Il reste là dans la voiture à me parler encore. Il me dit je raccroche, non c'est moi, non c'est toi. Puis je m'enfuis, je suis comme une pile électrique pour rentrer, m'occuper des filles, je roule à toute allure, je me gare devant la maison en montant brutalement sur le trottoir, mon mari est déjà là, je l'embrasse en coup de vent, je me sens plus basse que la terre, folle à lier, je parle vite, la nounou à qui je voulais dire quelque chose d'important est déjà partie, je suis faussement gaie, j'ai l'impression d'avoir sniffé un bol de cocaïne, mon cœur cogne fort dans ma cage thoracique, les petites sont en pyjama, elles volettent autour de nous qui dînons rapidement, il a tout préparé. Et enfin c'est l'heure de l'histoire, pour chacune des petites, je leur en lis une différente, à chacune leur tour, seuls les livres et la tête de mes enfants sur mon épaule me calment un peu. Je me glisse dans les lits des filles et c'est une volupté inespérée dans laquelle je me fonds. J'entre dans l'histoire avec avidité, je suis pleinement dans ces mots de conte et de légende. Je lis et les fillettes sont sur moi dans la matière laineuse de leurs robes de chambre roses et bleues, elles pèsent de tout leur poids sur ma poitrine, et je sens leur petite vie qui palpite contre moi, et que cette sensation est première, qu'elle m'envahit, que soudain elle a raison de mes vicissitudes, que cèdent en moi le mensonge, les précautions, les faux-semblants. Je lis et elles sont suspendues, je lis et c'est comme un pouvoir, il fait un peu trop chaud et c'est si bon, en lisant je vois leurs mèches de cheveux légèrement collées sur leurs fronts et je respire leurs tempes humides d'une petite transpiration, leur odeur m'est une drogue si douce et si inoffensive. Merci Perrault, merci Andersen, merci Walt Disney, merci les mimis de Lucy Cousins, merci les vieux Martine réédités, merci la mouche et la souris, merci la chair de ma chair de repêcher maman, merci de la harponner avec vos grands yeux aimants, merci de la ramener à la maison la maison la maison, merci de lui demander de recommencer, c'est tellement bon l'histoire, surtout ces deux pages-là, maman reste avec nous, maman maman encore.

J + 237

Incident. Paul s'est aperçu que j'étais descendue dans le garage téléphoner à quelqu'un d'autre. Il est descendu quelques minutes après moi et m'a trouvée suspendue à mon portable au rez-de-chaussée. J'ai écourté innocemment la conversation, changeant de ton au débotté. J'ai eu beau lui expliquer que oui, j'étais descendue pour téléphoner à mon patron car au-delà d'une certaine heure, cela l'énerve, mais que je n'avais pas le choix… « C'est ça oui… » Il m'a regardée d'un air incrédule et s'est refermé sur lui-même, sûr de son fait. Puis mon patron a appelé pour de bon car nous avions une urgence à régler, je lui ai alors glissé « c'est bien ce que je te disais tout à l'heure », comme si je faisais allusion à une conversation récente entre lui et moi, et Paul m'a regardée du coin de l'œil, encore suspicieux, puis j'ai vu une lueur de doute, ou plutôt un désir de normalité passer dans son regard. Il s'est déridé, j'ai mimé une soirée ordinaire malgré l'émotion. Il s'est couché tôt, et quand je l'ai rejoint il dormait.

Enfin. C'est arrivé. Une erreur. Qu'elle me serve de leçon. J'ai tremblé mais dissimulé. Pas si mal me semble-t-il. L'heure de vérité sonnera demain. Ce qui me rassure c'est que l'erreur est possible, rattrapable et que ce n'est pas la fin du monde. Il faudra que je sois plus prudente désormais.

L'intelligence de Paul est fine, observatrice et presque féminine. Lui aussi a une capacité de dissimulation importante, plus doué que moi au départ, moins emprunté dans le mensonge. Quelque chose dans son enfance lui a raconté que le mensonge était possible, quand mes parents avaient réussi à me le rendre immoral. Mais depuis le début de ma liaison je suis aux aguets, en état de vigilance permanente, tant j'ai envie de continuer à vivre cette passion sans mettre en péril mon couple pour l'instant. Je me découvre un fond calculateur et égoïste : une enfant qui aurait ouvert un trop gros cadeau qui ne lui était pas destiné et aurait la ferme intention d'en profiter jusqu'au bout, dût-elle le faire en cachette. En quelques jours, très vite, j'ai développé avec Paul une hypocrisie de l'intime. Je la manie avec une adresse qui m'étonne, mais il est un territoire où elle n'opère pas : le lit, le plumard, le pieu. L'hypocrisie se tient au bord, genoux serrés, et elle ne sert plus à grand-chose. Une raideur s'est insinuée dans mes étreintes avec Paul. Il l'a remarquée déjà. Peut-être est-ce cela qui lui a mis la puce à l'oreille. On dit que les femmes peuvent feindre. Sans doute l'orgasme, mais pas le désir. Pas plus que les hommes. Il reste un tabou auquel je ne veux pas, pour l'instant, sacrifier : faire l'amour avec Paul en pensant à l'autre. Je m'y refuse. Je pense à la chanson de

Dido (*when she lays in your warm arms, baby, don't think of me*) et chasse les images faciles qui affluent à mon esprit. Peut-être faudra-t-il aussi que je fasse sauter ce tabou et que je ferme les yeux. Cela me paraît relever de la traîtrise ultime. Toutes les petites bassesses auxquelles je me livre chaque jour pour sauver les apparences me paraissent bénignes comparées à cette démission absolue de la sincérité. Non je ne m'y résous pas, même pas pour m'acheter une tranquillité.

J + 238

Rien. Tout est normal. Paul ne doute plus. Ou ne le montre pas.

J + 322

« Allons à la pointe du Raz, on dormira à l'hôtel de l'Iroise avant qu'ils ne le détruisent, me dit-il.

— Ils vont le démolir ?

— Oui, bientôt.

— Je ne me souviens pas de cet hôtel. »

Seuls me reviennent en mémoire le déchaînement des éléments, la grande claque de nature.

Roch me regarde sans comprendre :

« Tu n'es jamais allée à la pointe du Raz ?

— Si, je te jure. Pas vu l'hôtel.

— Impossible... »

Comment ai-je pu passer à côté de l'hôtel de l'Iroise ? Cela le sidère.

« C'est la plus belle chose de la pointe du Raz, la plus poétique, me dit-il, cette petite maison sur la lande. Sans l'hôtel de l'Iroise, il n'y aura plus d'humanité à la pointe du Raz, rien que la nature brute et dure.

— Peut-être qu'elle mérite de rester tranquille.

— Tu verras, je t'emmène. »

De nouveau ces moments intolérables de l'organisation du mensonge. Ce que nous racontons au travail, aux époux, la cohérence, la parade aux vérifications, la logistique.

Vient le voyage par un après-midi d'été. Aller à la pointe du Raz c'est long, on prend toutes les routes qui figurent sur la carte Michelin, de l'autoroute au chemin vicinal, on quitte le monde, on longe même la baie des Trépassés.

Nous arrivons bien avant la nuit. Roch laisse la voiture sur le parking à côté d'un grand bâtiment moderne. Il prend sur son épaule le sac dans lequel nous avons mis nos quelques affaires et me donne l'autre main. Je le trouve beau, il a la vigueur de sa jeune quarantaine, plein de cette force solaire qui l'anime partout, au travail, dans sa relation aux autres. Du sang méditerranéen s'est mêlé à une douceur bordelaise, à une stature athlétique, il est irrésistible. Elles sont nombreuses à le regarder avec une envie de femelle. L'autre jour, l'une d'elles, ignorante de notre liaison, m'a dit : « Il doit être bien monté, tu ne crois pas ? »

Tellement enthousiaste de m'emmener sur sa pointe du Raz, celle qui a des hommes sur son dos et l'hôtel de l'Iroise pour vigie, qu'il s'arrête tous les vingt mètres pour m'étreindre à m'en briser les os.

L'hôtel de l'Iroise apparaît au bout de quelques centaines de mètres. Il est étrangement petit, juste une maison où il pourrait ne pas y avoir de place. Il se dresse assez humblement, il s'est fait modeste pour ne pas gêner les éléments dans leur furie permanente, les dieux le tolèrent et lui savent gré de son existence discrète.

Je ne comprends plus guère les écologistes qui ont demandé sa destruction. Elle a de la grâce, cette minuscule maison posée sur le granit, assez bien accrochée pour ne pas s'envoler. Dans quelques années on fera un peu plus loin une entrée de parc naturel à l'américaine, on n'aura rien gagné.

À l'hôtel une vieille dame aux cheveux blancs et aux yeux très bleus nous conduit en haut d'un petit escalier dans une chambre toute simple, avec un lavabo, un papier peint à petites fleurs et des rideaux marine. C'est un lieu de passage, de voyage, il y a eu tant de gens avant nous, c'est un lieu hanté. Les curieux qui s'invitent au grand huit de la mer et des vagues, les poètes perdus sur la lande, les fous, les vagabonds, les désespérés, les amoureux, nous.

Dehors, il me parle de mes taches de rousseur dans le soleil couchant. Nous allons le voir là-bas, tout au bout, le gros disque orange, en suspension au-dessus des Amériques. Il est heureux de m'avoir emmenée là, à la pointe, Penn-ar-Bed. Il se passe quelque chose quand on arrive au bout. C'est ce moment particulier et immémorial de l'amour, les deux êtres dans la nature trop grande et trop hostile pour eux, seuls et puissants parce qu'en eux circule ce fluide de vie, et qu'ils vont pouvoir continuer, prospérer, se reproduire. Je lui dis : tu as déjà vécu ce moment, n'est-ce pas ? Il me dit non, jamais. Et toi, me demande-t-il ? Non, mais je lui mens comme il m'a menti. Ce n'est pas grave. Peut-être sommes-nous tous faits pour vivre ce moment plusieurs fois. Peut-être qu'il y a les gâtés et les malchanceux comme à la loterie. Je suis dans ses bras, mais soudain j'ai tellement froid qu'il faut rentrer en courant. Il m'attrape la main et nous courons comme des gosses sur la lande. Nous arrivons à la grande crêperie sur le parking. Nous rentrons gris de cidre dans le petit hôtel où la nuit des nantis de l'amour nous appartient.

Le lendemain nous prenons le petit déjeuner à l'hôtel, café, pain et beurre salé. Avec la dame nous évoquons son prochain départ, l'expulsion. Elle n'est même pas amère, elle a dépassé l'âge de la retraite, elle aimait bien les voyageurs, nous dit-elle, elle les a tous vus, les petits et les grands, les forts et les faibles, ils sont tous venus. Elle s'en retourne vers sa cuisine avec un torchon sur la taille, en nous lâchant : « Maintenant, on attend. »

J + 498

J'ai laissé passer J + 365. Un an, je ne sais plus quand c'était. Un an et des poussières. C'est passé trop vite. On n'a pas vraiment eu le temps de s'organiser pour l'avenir. À bien y réfléchir, moi non plus je ne me sens pas tout à fait prête. En plus on est tout le temps ensemble, il n'a même pas pu me manquer. Il vient me voir deux ou trois fois par semaine, et comme il est mon client et moi son fournisseur, nous créons des occasions pour nous retrouver. Nous faisons beaucoup de bien à nos entreprises respectives : la liaison nous motive pour travailler encore mieux, encore plus, on ferait n'importe quoi pour briller aux yeux l'un de l'autre en réunion, on se surprend à s'admirer mutuellement devant les collègues. Et ça marche. Mon entreprise ne s'est jamais aussi bien portée, l'énergie de notre lien la propulse et lui réussit. Roch aime le succès et la facilité avec laquelle il lui vient. À Nantes, pour moi la tâche était difficile et me résistait, mais, depuis que mon premier client est mon amant, je fais des miracles. Facile dira-t-on. Pourtant, loin de la servilité due au roi client, je me rebelle sans cesse : je ne lâche rien de mes points de vue, de mes devis, j'argumente, je résiste quand je sais qu'il a tort, dans l'entreprise il se dit que personne n'a jamais tenu tête ainsi à ce gros client, et cela m'arrange. C'est ma façon à moi d'encaisser cette réalité : je sors depuis plus d'un an avec mon client. Il faudra changer cela un jour, j'en suis sûre. Des gens doivent s'en douter, des rumeurs doivent circuler, mais personne ne peut rien dire car ça marche. À Nantes je dirige, je sors mon équipe de la léthargie et l'entraîne dans une aventure inédite. Je suis généreuse dans l'effort, alors ils me suivent. Il y a bien un ou deux blessés au bord de la route mais dans l'ensemble la dizaine de personnes autour de moi finit par se rallier au mouvement que j'imprime. Roch me stimule. Objectivement il aurait tort de ne pas confier plus de marchés à cette équipe galvanisée comme jamais, et emmenée par mon zèle étourdissant. Je rends sa préférence justifiable à chaque instant, on ne sait jamais. Aujourd'hui nous rentrons d'une réunion dans sa voiture. Je suis à côté de lui. Il fait nuit. Il conduit vite, fend les nappes de brouillard des marais nantais autour de Saint-Philbert-de-Grandlieu. Sa voiture est devenue au fil du temps un des lieux de nos étreintes, espace privé et mobile que nous avons apprivoisé et dont nous explorons les moindres possibilités. Ma présence sur le siège à côté de lui l'érotise, je le caresse, je me suis peu à peu dénudée. Ma main va et vient lentement sur son sexe que j'ai sorti de son pantalon. Je sens son bassin s'affaisser sur le siège, il ne ralentit pas. Ma robe est remontée jusqu'à ma taille et son décolleté ouvert jusqu'au ventre, découvrant mes seins. Son regard et sa main passent voluptueusement sur mon entrejambe et il soupire d'aise. Enfermés dans ce monospace, lancés à toute allure dans la nuit et le brouillard, et ses mains sont partout sur moi. Je crie et il arrête la voiture, nous nous jetons l'un sur l'autre. C'est là que je comprends, je crois, pour la première fois, que nous sommes perdus. Dans l'obscurité de l'habitacle embué par notre chaleur, nous guettons la montée de la jouissance, nous en étions si proches que l'étreinte ne dure pas. Nous restons là un moment à attendre la fin, le reflux. Il prononce plusieurs fois mon prénom, Marie, Marie, Marie, il est heureux et désespéré à la fois. C'est aussi dans cet appel que je reconnais un sentiment qui ne l'avait pas encore effleuré : la peur. Lorsque la jouissance retombe, il est soudain terrorisé. Je surprends ses yeux effrayés fouillant la nuit, un instant il m'a regardée comme si j'étais Satan. La brume nous isole de ses bras ouatés. Il vient enfin un moment de calme. Il redémarre, nous rentrons très vite vers la ville, sur la route sinueuse, et une nausée monte doucement en moi, je la réprime dans un effort surhumain. Je ne veux pas vomir.

Peur de la suite. Peur de ce qu'il va peut-être falloir faire. Dans l'attente la peur est tapie. Elle ne quittera plus Roch je crois. La peur est venue quand il s'est aperçu qu'il n'avait pas respecté sa promesse d'un an, qu'il avait dit ces paroles trop vite. Peur que sa femme découvre le pot aux roses. Peur de sa perte, de celle de ses filles. Peur que sa femme sombre, elle qui ne travaille plus depuis longtemps, peur qu'elle se suicide, peur qu'elle lui fasse la guerre, peur qu'elle dresse ses enfants contre lui. Peur d'être un salaud aux yeux de tous. Peur de détruire ce qu'on a construit au prix de tant d'efforts, de tant de concessions. Peur du petit garçon de sept ans qui voit s'éloigner du pont du bateau l'Algérie où est restée la fortune de ses parents, peur de débarquer sur une terra incognita *hostile où tout sera à reconquérir, la gloire, la respectabilité, l'argent. La perte, je le sais, demeure la grande peur d'enfance de Roch, le père prof de mathématiques à Alger, l'intellectuel rejeton d'une famille de colons fixée là depuis deux générations, et puis le retour, un train de vie difficile à recaler dans la France chiche des années soixante, et sa mère obligée de vendre au porte-à-porte ce qu'on appelait alors des beaux livres, des livres de collection reliés à tranche dorée pour mettre dans les bibliothèques Levitan. Au moins étaient-ce de beaux livres.*

Peur de rentrer le soir et de trouver l'autre interdit devant une preuve de trahison. Peur de faire du mal, trop de mal pour que cela soit réparable.

Je sais tout cela, je l'ai ressenti. À moi aussi la peur a tendu sa main, elle l'a bien trouvée pendant un temps, puis elle l'a lâchée. Cette différence est restée entre nous, jamais dite.

La peur et, de l'autre côté, le besoin, l'addiction. Besoin de faire l'amour le plus souvent possible avec cette passion, avec cette envie qui ont déserté le lit conjugal. Besoin de la minute de communion quand on se perd dans l'autre, quand on s'oublie en lui comme en personne auparavant. Besoin de ces rires d'après l'amour, de cette complicité totale, besoin de parler, de soi, de tout, sans barrière. À l'heure où la promesse d'un an est déjà caduque, le besoin a encore de beaux jours devant lui, nous en sommes à ne plus pouvoir nous passer l'un de l'autre.

L'attente s'en réjouit. L'attente dure tant que le besoin est supérieur à la peur.

J + 712

C'est une nuit entière que nous passons ensemble, Roch et moi, extraite à nos vies conjugales. L'hôtel a le nom et l'allure d'un *resort* mexicain, le *Punta Lara*, mais il s'est établi sur une île atlantique, Noirmoutier. Le choc de l'architecture balnéaire des années soixante-dix, légèrement psychédélique – bâtiments aux contours arrondis, balcons de béton crépis à la chaux blanche, ménageant à chaque chambre une trouée ovale sur l'océan – avec ses grandes étendues de goémon découvertes par la marée, ne manque ni d'humour ni de charme. Ce décalage, voulu par un hôtelier qui avait dû rêver de la grande machine touristique à la Houellebecq en plein littoral vendéen, nous amuse. Demain débutera une grande journée de réunion avec l'entreprise de Roch. Les invités commencent à arriver et Roch et moi ne pouvons nous afficher ensemble. Pourtant un des collègues que Roch connaît de longue date semble nous avoir percés à jour, je l'ai surpris à nous regarder d'un œil taquin, voire salace, glissant de Roch à moi et de moi à lui. J'ai voulu refroidir aussitôt l'indélicat en lui offrant mon profil le plus sérieux et professionnel, presque revêche. Après l'échange de politesse convenu entre invités, chacun rentre en hâte dans sa chambre, pressé de téléphoner à son conjoint, sa famille. Rares sont ceux qui prolongent la soirée au bar. Je trouve le moment opportun pour me glisser dans la chambre de Roch. Ces quelques pas à découvert, avant la tombée du jour, font ressurgir en moi une petite honte, vite ravalée, cette clandestinité à laquelle je me soumets difficilement.

Sur son balcon je me tiens hors de vue du voisinage, à distance respectable de l'orifice de béton blanc. Invisible maîtresse, déjà. La mer apparaît encadrée dans le médaillon dessiné par l'architecte, et je comprends alors son rêve d'Acapulco : l'illusion est parfaite. Le bleu de l'océan se découpe dans l'ovale blanchi à la chaux. Les algues, le sable vendéen un peu rustique, tout ce qui trahit la réalité des lieux s'évanouit à la marge du cadre et du panorama des flots bleus ridés de vaguelettes, contre l'azur profond du ciel d'Ouest. Il en est de cette vision comme du nouveau couple que je forme avec Roch : au centre du cadre un amour idyllique, autour on ne veut pas savoir.

Je viens ici, sur cette côte, depuis ma tendre enfance. Mon père, Vendéen, aimait ces rivages maraîchins, longs et plats, où affleurent à marée basse les coquillages de sable, couteaux, palourdes, coques, ramassés sur la grand-plage de Saint Jean-de-Monts ou le long du passage du Gois. On garait la 403 en bordure du passage, le temps de remplir un seau, en surveillant du coin de l'œil la remontée des flots, car le panneau indicateur de l'heure des marées demeurait énigmatique aux non-initiés. À quelle heure faut-il se méfier, ne plus tenter la traversée, l'écriteau en gruge plus d'un et reste, malgré les diodes lumineuses du XXIe siècle dont il se pare désormais, un mystère.

L'ovale du balcon me ramène dans une bouffée d'air frais à ces très vieux souvenirs, que je livre à Roch qui vaque dans la pénombre de la chambre. C'est alors qu'il me dit, toujours occupé à ranger ses affaires, que ce pays l'a adopté lui aussi, parce que sa femme est d'ici, et qu'ils possèdent cette maison de vacances à quelques kilomètres de la mienne, dans son pays d'enfance à elle. À son ton je devine un attachement à ce petit terroir aux maisons basses, blanches et modestes. Je ne m'y attendais pas. En pied-noir éternel il ne m'avait parlé que de la Méditerranée, son regret. Il y a donc des pans de sa vie façonnés par elle, entièrement. Je m'étonne de ma naïveté crasse et de cette petite douleur qui me vient instantanément, comme une morsure. Je m'en veux de n'avoir pas anticipé la déconvenue, la découverte du champ d'influence de l'autre. À ce moment j'ai comme une prescience, comme l'idée que tout est déjà bien trop engagé dans sa vie.

Mais il me fait face et me dévore de son grand sourire aux dents blanches, ses yeux perçants fouillent les miens. Je m'abandonne à son étreinte et il me ramène à la chambre. Déterminé. Il ne veut qu'une chose : me faire l'amour. Cette chose le tient, il me dit qu'il y pense, qu'il n'a de goût que pour cela, et aussi qu'il m'aime. Nous le ferons une grande partie de la nuit. Les nuits entières sont trop rares, il le sait déjà, pour laisser le sommeil prendre sa part. Il est doué pour l'amour, son excitation, ses positions, et dans ses bras je le deviens. C'est une éclosion, il est fier de ce qu'il provoque, de l'énergie nouvelle qu'il libère en moi. J'ai changé, on me regarde dans la rue lorsque je marche avec cette assurance nouvelle de celle qui est désirée. Cette fierté me vient du corps autant que de l'âme, elle me questionne : pourquoi mon mari ne me l'a-t-il jamais donnée ? Il me dit qu'il m'aime, et moi aussi je croyais l'aimer, mais d'où vient que cela n'ait jamais pu provoquer cet état de grâce, cette métamorphose ? Il me semble qu'il y a quelques mois j'étais encore une jeune fille malgré ma trentaine bien entamée et mes deux enfants, et que c'est cela l'évènement : femme, enfin. C'est cela que j'attendais et qui a eu lieu dans ses bras. Nous cheminions comme deux grands adolescents Paul et moi, deux frères et sœurs incestueux avec trop de points communs, les études, les goûts, la passion pour l'art, la lecture, le piano, le festival de la Roque d'Anthéron, l'Italie, du Nord, du Sud, du Centre, les journaux du samedi matin au kiosque, le cinéma, Paris, les rues de Paris, les amis, l'hospitalité et les dîners à la maison, les bons restaurants, les belles fringues, les voyages où on ne reste pas sur la plage, la montagne, la randonnée, la campagne, les enfants qui ne nous ont même jamais divisés, j'ai cru qu'on pouvait faire une vie là-dessus. Et voilà qu'arrive un type au physique acéré, à la crinière d'un noir de jais, il ne lit presque pas de livre, il n'aime pas trop les musées et les expos, il n'est pas allé en Italie, il ne va pas écouter de musique classique, il a très peu voyagé, encore jamais vécu à Paris, il n'aime que les vacances au bord de la mer, il a un bateau à moteur et rêve de plages sous les tropiques, de ski nautique, il ne marche pas en montagne l'été, déteste la campagne où il attrape le rhume des foins, il a peu d'amis, il vit en vase clos avec sa femme et ses filles, il a la passion des entreprises, du commerce, là-dessus, il lit, il est cultivé, sur le design aussi, oui, là peut-être, on peut se retrouver. Pourtant à se toucher, à s'aimer, il nous vient une émotion immense, intense. Je me rends à l'évidence : c'est avec lui que je viens de mettre fin à mon adolescence et que je deviens femme à trente-cinq ans passés. Que faire de cela ? Le vivre tant que cela pourra être vécu, le plus longtemps possible, donc. C'est cela qui m'ancre dans l'attente, je le sais. La certitude que le cadeau qu'il me fait n'a pas de prix. J'en vois tant, des filles, autour de moi, qui vivent à côté de leur homme dans l'absence d'émotion, dans la tendresse, dans une douce et confortable routine qui les endort pendant que le temps passe. Avec Roch aussi le temps passe, je devrais bien m'en préoccuper, mais je préfère ce temps où je suis vivante, où je suis vibrante. Et lui ? Il a l'air, lui aussi, dans la longue étreinte où il nous tient, ce soir-là, dans la chambre. Et puis c'est au milieu de la nuit que lui vient cette mélancolie. Il me fixe à la lueur de la lampe de chevet restée allumée – voir nos corps dans l'amour. Je suis sur lui, nos visages sont distants de quelques centimètres, et je vois ses yeux rougir et se noyer dans l'eau de larmes venues d'un coup, qui coulent sur ses joues.

« Marie, tu ne me connais pas, je suis sombre, je n'aime pas les gens, je ne veux pas que tu connaisses un jour ma noirceur.

— Quelle noirceur ?

— Je ne sais pas, je ne m'aime pas. »

Il me serre soudain à m'étouffer.

« Je ne m'aime pas, tu ne peux pas savoir, je ne m'aime pas. J'ai une noirceur. Toi tu es gaie, joyeuse, tu es comme ma petite fille quand elle se réveille le matin.

— Mais moi, je t'aime, avec ta noirceur.

— Oui, je sais, mais tu ne la connais pas. »

Il me tient longtemps serré contre lui, épuisé. Ses larmes ont mouillé nos visages.

Il y a désormais autre chose dans l'attente. Quelque chose d'autre à attendre, de plus menaçant.

Je n'ai pas peur de la noirceur.

J + 968

Je passe très près du drame. Ou de la mauvaise comédie de boulevard. Quelque part entre Racine et Feydeau, et c'est la première fois que me vient l'idée que mon aventure extraconjugale, ma passion avec un grand P, se résume à la plus banale de toutes les histoires, celle de la femme, du mari et de l'amant. On croit toujours vivre comme personne.

Cela se passe d'abord entre la femme et l'époux. À cause de cette liaison, ils ne savent plus grand-chose l'un de l'autre. Ils se désapprennent doucement. Son mensonge à elle l'isole et la change. Elle n'était pas faite pour cela, du moins le croyait-elle. Elle aimait la vérité, la lumière. Avant, quand elle mentait pour une bricole, ses yeux la dénonçaient tout de suite. Elle ne savait pas mentir. Elle le devait à cette éducation scrupuleuse des familles chrétiennes de l'Ouest, qui s'était évertuée à chasser en elle, depuis la petite enfance, les arrangements, les faux-semblants, et qu'elle avait fini par prendre pour son naturel. Aujourd'hui elle a le mensonge ferme et sûr. Cela lui est venu tout de suite, comme si en elle sommeillait ce talent de dissimulation, et qu'il n'attendait que l'amant pour éclore.

Ce jour-là s'annonce délicat pour la femme, et pour elle seulement, un de ces moments où le mensonge s'apprête à côtoyer la réalité de trop près, à la toucher, à la rencontrer. D'avance elle en a une sorte de vertige, un trop-plein de conscience de tout ce qu'elle est seule à savoir, un excès de lucidité lourd et lancinant. Le mari et l'amant vont se rapprocher l'un de l'autre et ils ne le sauront pas, certainement jamais. D'ailleurs ils ne se verront pas, se dit la femme pour dissoudre cette tension, cette émotion qui l'étreint un peu plus chaque seconde, sur la route à l'approche de la ville. Ils roulent vers la ville de l'amant, juste une étape, ils ne s'y arrêteront qu'un instant, le temps d'acheter un cadeau. Dans leur famille on fête ce soir un bonheur : l'arrivée d'un bébé, et puis autre chose. Anniversaire, vie commune, elle ne sait plus trop quoi au juste. C'est simplement sur leur chemin. Elle se dit qu'il n'y a pas de quoi palpiter ainsi, qu'il ne se passera rien, rien, rien.

Elle n'aime pas cette ville, trop historique, trop pittoresque, trop jolie. Ici l'ombre de sa famille à lui, de sa femme, a toujours légèrement troublé leur vie d'amants. Un nuage discret, un souci ineffable planant sur chacune de leurs rencontres. À Nantes, jamais l'image du mari ne s'est ainsi interposée : une ville bien plus grande dont il est souvent absent, un port, habitué à donner une façade à l'inavouable, à composer avec les ambiguïtés, à couvrir tous les trafics depuis des siècles.

Ainsi songe-t-elle à ces mois – déjà – passés avec l'amant, dans cet entre-deux-villes, entre-deux-vies : un espace où leur amour s'est déployé. Mais voilà que maintenant cet espace clos devient trop petit, que les murs menacent d'exploser. En un phénomène continu d'expansion, les sentiments n'ont cessé de grandir et de forcir et il a fallu les contenir dans cet espace. Les étreintes, le sexe, ses éblouissements, ce n'est pas cela qu'il lui coûte de cacher. Prescience que la nécessité du secret leur a donné leur magnificence. Mais ce qui gonfle en elle irrépressiblement, c'est l'envie d'une vie commune, de tout recommencer avec l'amant. C'est drôle comme parfois elle y pense déjà au passé. Aujourd'hui elle est submergée par une drôle d'humeur, elle trouve, pour la première fois, que toute cette rétention lui coûte trop, que le prix à payer pour le studio d'amour tout équipé, suréquipé, est trop élevé. Et l'amant ne peut ni ne veut desserrer l'étau, il porte son épouse et ses filles comme sa destinée, une responsabilité à laquelle il ne va pas déroger. Elle le dit parfois : « Je ne peux plus, c'est au-dessus de mes forces, maintenant il faut vivre ensemble ou bien essayer d'arrêter. » Il l'écoute sans y croire. « Non, je ne veux pas arrêter, pas encore. » Mais voilà, désormais, parfois, elle est dans cet effort : essayer d'arrêter. L'effort l'a toujours bien rétribuée, alors elle croit en ses vertus. Avec de la volonté, de la patience, parfois du courage, elle a toujours tout obtenu de la vie : ses études, son travail, même ses hommes. Elle ne sait pas encore la vanité de l'effort.

Son impuissance dans l'amour. Que l'effort ne fasse que brider un sentiment et lui donner, par contention, plus de vigueur encore, elle l'ignore. Elle ne sait rien de tout cela parce qu'elle n'a pas encore vécu sans lui, l'amant, qu'elle n'a pas laissé monter en elle le manque.

À l'entrée de la ville elle est donc dans ces dispositions : il faut ne plus le voir, et tenir. Le vague à l'âme la prend chaque fois que l'automobile passe devant un de leurs lieux. Mais ce sont des points, seule elle n'arrive pas à les relier en un parcours. Elle réalise combien elle connaît mal cette ville où elle se laisse toujours guider par l'amant, elle n'y ferait pas deux pas sans lui.

Ils se perdent un peu. Le mari est surpris de son ignorance topographique. Je croyais que tu venais souvent ici. Oui mais jamais seule. Aux quais de la rivière elle se repère enfin, ils se garent dans une rue du centre. Elle sait qu'il n'habite pas très loin. Elle connaissait sa maison précédente mais elle n'est jamais allée dans le nouvel appartement. Il lui a simplement parlé de la rue piétonne : tu sais, c'est drôle d'habiter dans une rue piétonne, au début on a l'impression de ne pas avoir accès à chez soi. Et puis on viole l'interdit, chaque jour un peu plus. On finit par venir se garer dans la cour, comme si de rien n'était, on se faufile entre les passants. Sauf livraisons et riverains. On est dans son bon droit.

19 rue de V. Elle se répète l'adresse, bêtement. Elle ne sait même pas où c'est, elle n'a pas regardé sur un plan. L'envie lui en est venue, pourtant.

Ils errent un peu dans le centre-ville, à la recherche du cadeau pour la fête de ce soir, et elle scrute les gens, les familles, elle cherche même sa rivale, dont elle n'a vu qu'une photo, dans la foule des badauds du samedi après-midi. Insensiblement les rues deviennent piétonnes. Elle ne regarde pas les plaques, volontairement. Ce doit être par ici pourtant : les pavés, les beaux immeubles en pierre blanche de tuffeau. Elle se force à prêter attention aux vitrines, il faut trouver le cadeau. Le mari n'a guère de patience mais il a du goût, il n'aime pas acheter n'importe quoi. La recherche traîne en longueur, ramenant en lui une tension, un agacement. Il voit bien qu'elle n'est pas avec lui, le nez en l'air, comme aux aguets. Il voudrait le mettre sur le compte d'un excès d'insouciance, qui l'a toujours énervé chez elle parce qu'on a tant de choses à faire dans la vie et pas le temps de bader. Mais en elle il devine aussi une gravité nouvelle, une tristesse qu'il ne cherche pas à dissiper, et puis le veut-il ? Elle est trop lointaine. Ils n'arrivent pas à retrouver ce registre de relations fraternelles dont ils avaient auparavant le secret, où ils se sentaient copains pour l'éternité, échappant aux affres de la vie conjugale, et qui faisait dire d'eux : ils vont bien ensemble. Ils avaient quelques codes : une petite valse musette ridicule qu'ils se mettaient à chanter et danser fiévreusement, deux ou trois surnoms dont ils s'affublaient mutuellement, et on y était : dans cette fratrie où rien ne pouvait venir troubler leur entente, leur solidarité de grands enfants. Ils entamaient l'air de la petite valse, il l'attrapait par la taille, ils virevoltaient quelques secondes et c'était fini. Le sésame s'ouvrait sur une vie pacifiée et insouciante, où seules la tendresse et la joie avaient droit de cité. Un Disneyland des relations conjugales.

Ils sont en train d'en perdre les clés. Il s'en rend compte. En marchant il fredonne l'air de la petite valse, inventé, et connu d'eux seuls, et elle ne réagit pas. Il se dit qu'il ne l'a pas chanté depuis longtemps et qu'aujourd'hui, alors que ça va mal, son joker ne marche plus.

Elle entre dans ce magasin pour penser à autre chose qu'à l'amant. Elle ne voit plus rien dehors, étourdie, le regard démultiplié par la certitude qu'il est là lui aussi, l'amant, et peut-être sa femme et ses filles, dans ces rues effervescentes, dans le pouls palpitant de cette ville. Elle le sent. Elle pénètre dans le magasin pour s'extraire de ce danger du dehors, et au-dedans c'est une bonne surprise, tout ce coton, toutes ces couleurs, c'est le monde douillet de l'enfance, de son enfance à elle, les mêmes chemises à bretelles et à picots.

Il la suit dans le magasin *Petit Bateau*. Elle s'achète des sous-vêtements d'enfant en taille 14 ans qu'elle portera comme des vêtements. Rien ne l'étonne de sa part, ni les bas résille, ni les débardeurs. Il aime sa fantaisie.

Devant les pyjamas de bébé elle se laisse envahir par le désir d'enfant. Elle songe à cette absurdité : prendre toujours la pilule et nourrir un tel désir d'enfant. Dans la fleur de sa trentaine elle couve cette peur de laisser passer son tour. Tout ça à cause des deux hommes, le mari et l'amant. Elle veut un bébé, peu importe de qui se dit-elle, mais elle sait aussi qu'elle ne le fera pas, pas ainsi. Au bout de ses folies, de ses prises de liberté, veille une raison solide, paysanne. Elle se souvient de ce tour qu'elle a joué à l'amant, il n'y a pas si longtemps, radieuse. Je suis enceinte, lui avait-elle dit. De qui ? Évidemment. De toi. Facétieuse, cruelle, elle avait guetté un signe sur son visage dur. Il était venu, vite, plus vite qu'elle ne l'espérait, et plus entier, le sourire du géniteur, contentement de l'homme comblé par sa descendance. À sa lueur de bonheur elle avait cru reconnaître qu'il l'aimait un peu. Cela avait duré une minute. Après elle avait pensé : il est comme tous les hommes, cela lui convient d'essaimer. Quand elle lui avait avoué sa supercherie, il lui avait dit, comme les enfants déçus : « J'aurais bien voulu. »

En sortant, à son mari qui la regarde négligemment aux prises avec ses paquets, elle donne un sourire. Il le prend, ne sait pas quoi en faire, ne le lui retourne pas, se détend un peu. Ils marchent encore quelques pas, de front, sans se toucher. Elle voudrait lui prendre la main mais ne le fait pas. Comme ils sont devenus distants.

Puis ils s'arrêtent. Devant eux, à cinq ou six mètres, la camionnette d'un fleuriste débouche de sous un porche. Elle manœuvre au milieu des passants pour se frayer un chemin au sortir du porche dans la rue piétonne.

« Il ne m'avait pas dit qu'il habitait près d'un magasin de fleurs ? » Vite elle attrape du regard la plaque émaillée au-dessus du porche. Elle porte le numéro 19. Mais c'est ridicule, elle n'a même pas vu le nom de la rue. D'instinct pourtant ses yeux balayent la jolie façade crépie à l'ancienne, jusqu'au deuxième étage. Les fenêtres sont ouvertes, elle aperçoit à l'intérieur des murs blancs qui ont l'air fraîchement repeints. Peut-être…

Ils n'ont pas bougé. Devant eux un groupe de badauds attend le départ de la camionnette qui barre une moitié de la rue et bloque le flot des passants. Aidé d'un commis le livreur charge en hâte sa cargaison, grands pots de terre rouge, compositions florales qu'ils portent ensemble du magasin à la voiture.

Alors sur le côté du porche grand ouvert, vers le fond, dans l'étroit passage entre la camionnette et le mur, surgit la haute silhouette familière de l'amant. Elle le voit tout de suite, dans ce mouvement qu'il fait pour longer la camionnette et se glisser comme un chat dans la venelle sous le porche. Elle reconnaît sa souplesse, et puis sa maniaquerie, à sa façon de frôler le mur en évitant d'y frotter son vêtement. À ce moment la frappent en même temps son allure, son élégance, et son ridicule, surtout ne pas tacher cet imper noir.

Il porte une chemise à carreaux gris qu'elle ne lui connaît pas parce qu'il ne la met que chez lui. Un jour il était venu la voir dans ses vêtements de week-end et elle l'avait aimé encore plus. Elle s'en souvient.

Elle est là, tout entière dans le temps. Dans cet instant où son amant avance vers elle. Elle n'entend plus les bruits de la rue, seulement le flux du sang affluant à ses tempes et à son cœur, tout le bruit de la vie en elle. Elle regarde la scène comme un ralenti de cinéma, son amant qui enjambe le rebord du trottoir, le signe de tête qu'il adresse au fleuriste en passant devant sa voiture. En voisin. Elle s'aperçoit qu'elle ne connaît pas, de lui, ces expressions, ces gestes de tous les jours, quand il salue un voisin, quand la boulangère lui rend la monnaie. Elle le voit plus simple, moins arrogant qu'elle ne l'imaginait. Elle lui découvre une humilité qu'elle n'avait pas devinée.

Quand il débouche enfin dans la rue, si près devant elle, il a ce réflexe un peu rock'n'roll qu'elle lui a déjà vu : il s'arrête brusquement, se campe un instant sur ses jambes légèrement écartées, comme pour prendre pied en ce monde avant de l'affronter. Une survivance en lui du cowboy, quelques gènes de John Wayne égarés dans son ADN.

En quelques pas il arrive vers eux, souriant un peu. À qui, à quoi ? Pas à moi, pense-t-elle. Il avance au-devant d'eux, à trois mètres. Il a l'air heureux, bien plus qu'elle. Depuis quelque temps déjà, lorsqu'ils sont ensemble, il se plaint souvent, de sa vie, de ses difficultés en famille. Mais en le voyant descendre la rue piétonne de ce pas alerte, elle ne peut s'empêcher de le trouver à sa place, dans cette ville qui est la sienne, dans sa peau de chef de famille ardent au travail et à la vie.

Le regard de myope de l'amant porte au loin, au-delà d'elle en tout cas. Elle est petite, elle sait qu'il ne regarde jamais à sa hauteur, un miracle qu'un jour il ait baissé les yeux sur elle. Mais en le croisant elle pense d'abord qu'il l'a vue.

Il vient de passer. Elle a l'impression de ne plus être de ce monde. Elle est comme extérieure à elle-même.

Il vient de passer. Elle s'arrête, comme anesthésiée, alors qu'il vient déjà de passer. Elle pense très vite à des choses idiotes, à la statistique, c'est une matheuse. Quelle était la probabilité qu'il sorte de chez lui au moment précis de leur passage ? Son mari marche devant elle, les mains nouées dans son dos. Il n'a rien vu, rien senti de son trouble extrême. Quelques piétons pressés s'engouffrent entre eux, vite les séparent. Il suffit de quelques secondes pour se perdre. Elle se retrouve seule, regarde l'amant descendre la rue. Elle reste là à le suivre des yeux. Va-t-il se retourner ? Il ne peut pas ne pas les avoir vus. Mais non, il avance à grands pas, dans la coulée de lumière entre les immeubles, il va se fondre dans la foule de la rue piétonne.

Mais avant, juste avant, oui, il se retourne. Au carrefour elle le voit distinctement tourner la tête et tout le haut de son corps en marchant. C'est là qu'elle comprend. Elle comprend qu'il regarde ailleurs, que ce n'est pas elle qu'il regarde. Elle ne cherche pas à voir quoi. Peut-être simplement une belle fille qui passe dans la rue. Oui ce pourrait bien être cela.

Alors la gagne l'ultime solitude, à égale distance de ces deux hommes. Elle les sent s'éloigner d'elle l'un et l'autre. Elle sait qu'il n'y en a qu'un qu'elle puisse encore rejoindre. Il lui faut une étrange volonté pour revenir dans le chemin. Mais le double flot des passants l'aide, on ne peut pas rester immobile dans une rue piétonne un samedi après-midi. Elle leur emboîte le pas. Elle remonte la rue, vite, avec en elle cette chose étrange et nouvelle qui l'essouffle, son désespoir, qu'elle ne connaît pas bien encore et dont elle sait déjà qu'elle ne pourra pas l'endiguer.

Plus haut, alors qu'elle va rattraper son mari, au croisement, elle ne peut s'empêcher, elle lève les yeux vers la plaque bleue et blanche : « Rue de V ».

Voilà, J + 968, c'était un jour plutôt Racine que Feydeau. L'amant était juste sorti prendre l'air.

Dans l'attente le mensonge s'épanouit. Il devient une seconde nature. Mentir pour se préserver. Le mensonge devient l'antidote de la peur. On le découvre efficace, si on s'en occupe bien, si on le soigne. Je me souviens de quelques leçons de mensonge de Roch, dont la virtuosité m'épate : par exemple mettre toujours un peu de vérité dans le mensonge, « la réunion demain à Vertou démarre à 8 heures, il vaut mieux que je dorme à Nantes », voici une phrase où ce qui est factuel est véridique et ce qui est intentionnel est raisonnable. Ou encore : se manifester au milieu du mensonge, et téléphoner à la maison entre le restaurant et la chambre. Le mensonge est un terrain meuble et complexe, où se logent les contradictions. Par exemple l'aphorisme populaire « plus c'est gros, plus ça passe » se révèle tout aussi pertinent que la règle précédente de la dose nécessaire de vérité.

J'ai appliqué moi aussi le traité du mensonge quotidien. Lorsque j'étais petite, il suffisait que ma mère me fixe un peu longuement et j'avouais tout de suite le mensonge, jamais je ne parvenais à tenir, je me trahissais. Ma mère m'avait inculqué la droiture comme principe de vie, en chrétienne de cette zone stricte où le mensonge est un péché, un délit.

Lorsque la duplicité s'est installée dans ma vie, j'étais mal préparée, j'ai eu des loupés, cela s'est vu. J'avais déjà débusqué chez mon mari de petits mensonges ordinaires, jamais rien de grave, du quotidien : « Tu as réservé le théâtre pour la semaine prochaine ? », « Tu as téléphoné à ta mère pour lui demander si cela la dérangeait qu'on décale notre venue à Paris ? », et de son absence totale de culpabilité, j'avais déduit que le mensonge était une affaire relative et n'avait pas la même valeur de transgression auprès de tous les individus. À mes yeux elle était immense. Quand j'ai commencé à mentir, au début je n'ai rien senti, le désir de l'autre balayait sans vergogne les scrupules à peine nés. Et puis est montée en moi une tension, si violente qu'elle est devenue physique, que mes artères et mes veines la somatisèrent avec une force réelle. À 35 ans je me suis vue débarquer en urgence chez le médecin au début des vacances d'été et afficher un 17-12 de tension artérielle, laissant sur le visage du bon vieux docteur savoyard perplexité et suspicion. « Vous êtes fatiguée, trop, dormez d'abord, puis après on verra, revenez. » Je dormis quelques jours et ne revins pas, l'éloignement forcé de l'objet du désir apaisant quelque peu ma fébrilité. Puis il faut bien vivre, on ne va pas se mettre à dire la vérité alors qu'elle porte une issue définitive à laquelle personne ne veut être confronté. Le poids du mensonge s'allège de l'impossibilité de la parole. C'est comme si on n'y pouvait rien. C'est une démission intime et si entière de l'être qu'après vous avoir défait elle ne vous touche quasiment plus. Ou plutôt elle vous dédouble. Elle piétine dans un silence insondable l'être que vous êtes vraiment, l'être d'enfance et de vérité que vous avez jugulé et c'est une petite mort, le pantin de vos 10 ans que vous avez au cœur qui se désarticule, se disloque comme un Pinocchio. Pendant que cet autre vous-même qui vous habite désormais, glorieux, flamboyant et insatiable, danse un tango sensuel et envoûtant. Une danse qui ne peut s'arrêter qu'en vous faisant tomber.

J + 1123

J'ai vomi. Entre deux cartons du prochain déménagement. Je n'avais pas vomi depuis les grossesses, et encore, je n'appelle pas cela vomir, ces haut-le-cœur bilieux qui surgissent dans le trop-plein hormonal des premiers mois et disparaissent comme par enchantement lorsque le ventre s'épanouit. Non, là j'ai vraiment vomi. Violemment, sans avoir le temps de faire le premier pas vers les toilettes. Quand bien même, je ne l'aurais pas fait. Je suis incapable de vomir, j'ai cette phobie. Je ne sais pas admettre ce reflux. C'est comme si je découvrais l'intérieur de mon corps, comme si mes viscères débarquaient au coin de mes lèvres et je ne veux pas, je ravale, je peux tout faire pour tout garder à l'intérieur. Je n'ai plus vomi depuis l'âge de 14 ans, après une indigestion sévère. J'ai tout conservé en moi, ma première cuite d'étudiante, mes touristas de voyageuse inlassable au fin fond du Maroc ou de la Jordanie. Je me suis traînée sur une herbe sale en plein Kenya, blanche et tordue de coliques, plutôt que de vomir. Mes tripes contenues à l'intérieur de moi. Vous n'en aurez pas une miette, tout restera en place. Et surtout il n'y aura pas cet abandon, ce relâchement, cette prise de pouvoir des entrailles sur le cerveau, du corps sur la volonté et sur la pensée. Je ne sais pas accepter cette perte de contrôle, cet instant où il faut laisser venir, dans un grand bruit de tuyauterie rompue, dans un cri d'agonie, le liquide chaud et puant, les reliefs insupportables et à demi digérés, non je ne peux pas. Alors c'est venu sans prévenir, dans un éclair, comme un évanouissement. J'étais un peu étourdie par la valse des cartons dans toute la maison, mes montées et descentes sur l'escabeau pour vider les placards. Cela a forcé la porte, me clouant au sol brutalement. Un jet qui aurait été longtemps contenu. Je n'ai rien pu faire. Rien vu venir. Rien voulu voir venir, jusqu'à me relever, mes cheveux longs et ma robe pris dans l'infâme mixture.

J'ai nettoyé à l'extrême, à la folie. L'obsession de l'odeur m'a longtemps retenue dans l'endroit, à quatre pattes. Les eaux au fond du seau se sont succédé, charroyant en tourbillons au fond de la vasque blanche des toilettes mon crime impossible à digérer. Car c'est lui que je vomis. Mon amant indécis et inerte alors que dans trois jours je vais quitter la ville pour suivre Paul à Paris, mon amant à la vue si courte qu'il me semble qu'elle ne va pas plus loin que son sexe. Mon amant parti en débris immondes dans le trou de céramique.

J + 1126

La maison est vide. Dehors les déménageurs s'apprêtent à fermer le camion. Le chauffeur appelle son collègue qui jette un dernier coup d'œil dans les pièces vides où seuls quelques moutons de poussière prêts à l'envol témoignent de la vie récente des occupants, mes filles, mon mari et moi. Ce sont nos poussières de vie, aériennes, encore chaudes et cotonneuses, résidus infimes de peaux, de cheveux, bien différentes de celles des maisons abandonnées. Je prends délicatement un de ces moutons dans ma main, le souffle au-dessus d'un grand sac-poubelle.

Quitter Nantes. Je ne pensais pas que ce serait ainsi. Nous partons. Ou plutôt ça y est, je pars. Seule. Mon mari, déjà parti, a rejoint depuis six mois son nouveau poste à Paris. Il habite place du Marché-Saint-Honoré, dans un petit meublé confortable pour cadre expatrié. Nous allons redémarrer une nouvelle vie à Paris. C'est comme ça que je le dis, avec le sourire. Ce n'est pas vrai. Je le suis, parce que je n'ai pas le courage de rompre et de rester ici.

Nantes ne se quitte pas facilement. La ville de Julien Gracq vous marque à vie de regrets cachés, indicibles tant ils procèdent d'impressions, d'instants, de morceaux, si contradictoires parfois qu'ils ne semblent pas pouvoir entrer dans le même paysage. Couloirs de verdure aux églantines odorantes et aux fourrés impénétrables qui bordent la Chézine jusqu'aux abords de Canclaux, où l'on s'aventure avec un brin de l'appréhension enfantine des chemins creux, alors qu'on est à une encablure du centre-ville. Grandes grues postées en sentinelles sur le port à bois de Cheviré, et d'où les grumes découpées et marquées à la craie de couleur forment un curieux tableau. Splendeur déchue des grands hôtels particuliers du quai de la Fosse et de la rue Kervégan, aux mascarons cyniques, contemplant la fortune de deux siècles d'esclavage du haut de leurs étages. Maisons grises et raisonnables de Sainte-Anne ou du quartier Zola, construites avec des pécules petits-bourgeois laborieusement amassés, et aux jardins de curés, poétiques dans leur désordre, à flanc de coteaux qui attendent toujours leur tout-à-l'égout. Cette ville à la fois aristocratique et ouvrière m'attache, elle m'a prise dans ses rets le jour où j'y ai emménagé, au 8 avenue de l'Arche, et ouvert le petit cartable d'archives de famille confié par ma mère. Un vieux livret y consignait l'adresse de naissance de ma grand-mère à Nantes, le 10 février 1885, de mère lingère et de père inconnu : 8 rue de l'Arche-Sèche. Cent ans après, j'étais la première à revenir habiter dans cette ville, mythique aux yeux d'une grand-mère inconnue de moi. Aujourd'hui un homme m'arrache à Nantes, mon mari, pendant qu'un autre ne sait même pas m'y retenir.

Je ne voulais pas de déménageurs ordinaires, je voulais ceux de Drouot, je voulais Ferdinand et Ulysse, les commissionnaires de l'Hôtel des ventes, amis de ma belle-famille. Je les connais depuis presque vingt ans, leurs visages, leurs manières, leurs gestes précis et économes quand ils manient la marchandise, l'attention qu'ils portent aux belles choses, leur matériel, les couvertures, les valises de mousse pour les verres, le papier à bulles qu'ils coupent généreusement, les grandes penderies en bois sur roulettes, les sangles, et le camion à livrée vert sapin. Tout cela c'est Drouot, un peu ma famille d'adoption. Hier soir, à leur arrivée à Nantes, je leur ai fait un dîner frugal – charcuterie, omelette aux lardons et salade –, ouvert une bouteille d'un bon vin et trouvé dans la compagnie de ces deux hommes solides et réalistes un soulagement, oui, un bonheur même, à les regarder manger ce repas simple avec beaucoup de pain, et l'appétit de ceux qui savent que le lendemain ils se dépenseront. La maison était déjà prête, tableaux décrochés, cartons préparés, lits défaits, placards grands ouverts et vides.

Vomi d'il y a trois jours nettoyé.

Les fillettes ont déserté le lieu, en vacances chez leur grand-mère. Seule la cuisine a gardé une allure normale, et pour cause elle ne bouge pas, elle. C'est là que nous avons dîné tous les trois. Le dos tourné, j'ai pensé, en surveillant l'omelette dans la poêle, dans la posture éternelle de la femme au fourneau, un mauvais tablier sur les hanches, que sans ces deux hommes, leur bonhomie, leur réserve amicale, je n'aurais pas pu éviter le déchirement, tenir à distance le désespoir.

Toute la journée ils ont manipulé cartons et caisses, le grand camion est plein. Au fil des heures ils ont bien vu mon cœur se serrer, l'émotion s'emparer de moi, en croisant mon regard, ils l'ont vu s'embrumer, m'ont entendue renifler. Entre les saisies, les déménagements des couples qui divorcent, des maisons des morts vidées par les héritiers, ces gars-là ont une certaine expérience de la détresse humaine. Ils en savent long sur les gens, à retourner leurs affaires, à trier, à ranger. Leur discrétion s'est teintée d'une bienveillance, d'une chaleur qui m'ont réconfortée.

Pendant qu'ils rangent et aménagent le camion dans un effort de rationalité qui m'échappe, je fais un dernier tour dans les pièces vides. Au milieu de la chambre où ma personne s'est si souvent divisée en deux, je m'allonge sur le jonc de mer rugueux. Sous ma joue le tressage imprime cette légère douleur qui m'avait fait choisir ce sol : je voulais sentir cette gêne sous mes pieds nus, chaque jour cet inconfort, comme lorsqu'on réapprend aux grandes vacances, après l'hiver passé en ville, à marcher pieds nus sur le sable grossier de la plage. Je trouvais cette sensation nécessaire, comme un rappel à l'ordre de la nature, quelque chose qui voulait dire : prends garde à la sophistication de ton existence, souviens-toi que tes plantes de pied sont faites pour arpenter un monde de rugosité, et tâche de n'en pas souffrir. Au seuil de ma chambre, chaque soir, ce sol, choisi avant la rencontre avec Roch, faisait remonter en moi cette gêne physique, je l'avais voulu sans savoir encore, ce sol, de façon prémonitoire, allait contenir tout entier mon malaise de double vie, mon syndrome de duplicité, mon impossibilité à pénétrer dans cette chambre le cœur léger, mes pieds endoloris se chargeaient de me le rappeler à la porte de la pièce de l'intimité conjugale.

À travers mon tee-shirt et ma jupe les aspérités du sisal blessent la peau de mon corps une dernière fois, je voudrais rester là encore un peu, face contre terre, et laisser couler les larmes sur les tresses régulières, elles y laisseraient une souillure, une trace salée, comme une expiation. Je pense soudain à l'enthousiasme de mon mari pour cette maison, à sa jubilation à travailler avec l'architecte, à choisir, avec moi, les matériaux, les couleurs, les poignées de porte, les interrupteurs, les placards, tant d'attention commune, lui et moi, à fixer les détails de l'aménagement, c'était notre première maison.

« On peut fermer le camion, Marie ?

— Oui, je crois…

— Aaah, il faudrait être sûre.

— Je suis sûre.

— Alors on y va. »

La grande porte du hayon claque dans l'air chaud. Il y a ce moment où ils m'embrassent pour partir et où ils ne se doutent pas que je voudrais les retenir, qu'on vérifie encore et encore, qu'ils restent un peu. Je les remercie : « Vous avez été formidables. » Ils grimpent dans le camion qui s'ébranle doucement, monte la côte, tourne en haut de l'avenue et disparaît. Il est 5 heures, les jours sont longs, je serai à Paris avant la nuit, moi aussi.

Si j'arrive à partir.

Je reste un moment sur le trottoir, interdite. L'avenue du Midi s'étale devant moi, blanche, dans la langueur de l'après-midi. La grande lumière de Nantes l'inonde. Ma tête tourne. Je rejoins le vestibule et m'appuie contre le mur de l'escalier. Dans ce recoin du rez-de-chaussée, le mur garde la trace d'une bêtise de ma fille cadette. Le jour de ses deux ans, elle avait gribouillé à grands coups de feutre fuchsia indélébile une immense fresque, de toute sa hauteur, dans l'élan de son bras maladroit, potelé et vigoureux. Sur toute la longueur du mur immaculé s'était étalé son énorme appétit de vie, brouillon mais déterminé. Elle avait, dans le même mouvement, maquillé du même feutre les têtes des poupées de sa sœur, qui avait crié sa détresse en découvrant le délit. À la vue du mur rose fuchsia, repeint en moins de cinq minutes, nous nous étions étonnés qu'un si petit être pût déployer autant de force et de volonté pour mener à son terme un tel ouvrage. J'avais employé un certain volume d'eau de Javel au nettoyage de la paroi, mais l'œil avisé y distinguait encore le trait rageur et continu du bébé, sa grande ligne de vie déployée au vu et au su de tous, sa revendication colorée d'existence. J'appose ma main sur le mur et suis de mon index la trace, avec tendresse. Pour les pleurs de sa grande sœur il avait fallu gronder, les poupées étaient abîmées. Mais nous avions vu tellement d'incompréhension dans son petit regard que nous nous étions vite arrêtés. Nous brisions net son élan de joie, son énergie de vie qu'elle avait mise en couleur le long du mur avec fierté et bonheur. Elle semblait nous dire : ce n'est pas possible que ce soit interdit, qu'on n'ait pas ce droit-là, c'était la plus grande déception de toute sa courte vie. Le spectacle de sa désillusion était poignant et elle ne s'était pas arrêtée de pleurer pendant toutes les opérations de nettoyage, assistant impuissante à la dissolution de son œuvre dans l'eau javellisée. Pourquoi cet épisode reste-t-il si présent à mon esprit à l'heure de quitter Nantes ? Pourquoi mon cœur est-il tout entier dans cette même désillusion de l'enfant trompée pour la première fois, grugée ? Parce qu'il faut s'en aller sans rien exiger. Laisser trois années se désagréger. Trois années écrites pour rien dans un bel élan. Parce que Roch reste et ne va rien faire, rien dire pour me retenir.

L'attente est jalonnée de cadeaux. Ne dit-on pas « prends ça pour attendre » ?

*Roch a très vite eu, dans notre relation, le génie des cadeaux. Après avoir tâtonné (un caraco en soie, des vases design), il a opté pour des cadeaux véritablement conçus pour la durée, voire l'attente, comme s'il avait anticipé qu'elle allait se prolonger. C'est dans la boutique d'un grand joaillier italien qu'il a trouvé ce qu'on peut bien appeler le filon : des pendentifs en or, en forme de petites figurines animales, dotées chacune d'une signification précisée dans le petit livret joint à la boîte. Ainsi, l'hirondelle (reviens), le moineau (ne me quitte pas), le pingouin (je suis fou de toi), l'étoile de mer (je suis fragile), le serpent (tu me tentes)... Je crois qu'il m'en a offert trois d'un coup la première fois. Je les arbore sur un lacet de coton noir que je change parfois pour un rouge ou un orange. Ce choix de cadeau s'est avéré coller si finement, si judicieusement à l'attente qu'*a posteriori *on aurait pu y déceler une stratégie. Mais cela ne s'est pas passé ainsi. Animal après animal, chaque cadeau vient à point raviver la flamme de l'attente. Chaque figurine fait grossir une collection sentimentale et pittoresque, un bestiaire passionnel* *que je porte à mon cou comme des attaches au fil ténu de l'attente. Dans le métal de l'éternité sont scellés les mots de l'amour. Poulpe (serre-moi fort), crapaud (embrasse-moi, je serai ton prince). Ils n'en semblent que plus inaltérables. La créativité animalière du grand joaillier dispense l'amant, au fil du temps, de la réflexion sur les cadeaux. Celle-ci se limite au choix de l'animal, à sa valeur symbolique. Il ne s'épuise jamais dans ce renouvellement. La dernière année il m'offre, pour une fois, de ce même joaillier, une grosse croix, en argent, fort belle. La rupture de la chaîne animalière augure mal de la suite.*

J'ai moi aussi alimenté la ronde des cadeaux. Je n'ai pas trouvé comme Roch la source unique et intarissable. Aussi chaque cadeau me projette-t-il dans une quête anxieuse d'originalité. Une soif d'unicité, d'exclusivité. Un tableau a fresco *déniché dans le Lot, un triptyque photographique de Rachid Ouetassi acheté à Tanger, dont l'entrée en France fut aussi difficile à organiser qu'une immigration, un couteau de Ian Pennors à Laguiole, etc. Mes voyages se prêtent davantage à cette recherche que les grands magasins parisiens, où je reviens parfois pour concéder une certaine valeur aux variations de rayures d'un créateur anglais, en écharpe, en chemise, en boutons de manchettes, devenues depuis un repère universel de design masculin branché.*

Le cadeau, de mon côté, utilise le temps de l'attente, il devient un but en soi, à l'intérieur même de l'attente, y créant son marquage propre, comme un pic sur un encéphalogramme. Tout ce qui consomme du temps sans en orienter le cours est à l'aise dans l'attente, fait corps avec elle. En ne faisant que l'animer, le cadeau respecte l'attente et lui fait allégeance. C'est entre l'écureuil (tout, tout de suite) et la tortue (tu sais attendre) que s'est effilée notre histoire.

J + 1205

L'hiver s'est chargé de paralyser la ville : ensevelie sous une neige tenace, Paris appartient aux enfants et aux fous. J'en suis. Les autres en sont pour leur reste dans leurs voitures fumantes.

Je vis mes dernières semaines de femme au foyer. Mon job commence en février. Pas fâchée d'avoir bientôt un emploi du temps, des réunions, car pendant ces quelques mois j'ai vu de près ma vie se muer en celle d'une bonne chic, organisant des dîners en semaine, cuisinant elle-même de l'entrée au dessert, dans une surenchère de sophistication, donnant un tour nouveau à la vie sociale de son couple, servant ses filles comme des princesses à la cour du Roi-Soleil, allant les chercher à l'école à quatre heures et demie avec un sachet de macarons Ladurée, orchestrant avec maestria le ballet ininterrompu des costumes de Paul, de la maison au pressing et retour, avec une vélocité encore jamais atteinte. Non que je n'y aie trouvé une certaine satisfaction – que de compliments à propos de ce tartare de saumon au concombre – et Paul un confort inespéré et une certaine fierté – « Marie a vraiment bien arrangé l'appartement » –, mais les bonnes choses ont une fin : je suis trop lucide pour ne pas voir le piège béant. La disparition de tout stress, hors celui de la réussite du soufflé aux quatre fromages, la voie royale pour une certaine paresse des femmes, non pas la flemme de travailler (elles travaillent autant au-dedans qu'au-dehors), mais le goût d'une certaine facilité – ne pas vouloir lutter, affronter les autres et le monde hors du cocon qu'elles ont créé – tout cela se paye trop cher, d'une dépendance absolue et tentaculaire. En bas de l'échelle sociale, pour les femmes, c'est la misère assurée, et en haut la prison dorée.

Bientôt donc adieu marmiton.com, il m'en restera toujours quelques réflexes culinaires intéressants pour la vie quotidienne. Je songe que cette trêve, quatre mois dans la vie d'une femme, m'aura été salutaire : ce bain de famille, d'enfants, d'invités, a mis une distance entre Roch et moi, et m'a absorbée dans un tourbillon généreux et moral, cantonnant nos rencontres à ses venues à Paris et aux créneaux horaires de l'école. Je crois bien que je voulais cela, comme une possibilité de rachat.

J'ai retrouvé avec Paul une forme de complicité engloutie auparavant dans le tourbillon passionnel nantais. Les nausées aussi ont cessé. Curieusement ma vie à Paris commence sous des auspices plus calmes, en apparence.

Il me fallait sans doute cette monomanie du domicile conjugal pour être à nouveau capable de lui trouver une vertu. Paul a l'air plus heureux, il est plus proche, plus gentil, sans doute rasséréné par l'éloignement du spectre qu'il a dû flairer. Il s'enivre surtout de sa nouvelle carrière, retrouve son aisance naturelle dans la vie sociale animée que je lui concocte, en invitant ses collègues, ses amis. En vrai Parisien, jamais à cours d'urbanité, j'ai presque l'impression qu'il revit ici.

Cela préoccupe Roch, chaque fois que je le vois. Ce n'est pas tant mon contentement affiché de renouer avec la vie parisienne qui l'inquiète, même s'il en est exclu, qu'une certaine envie vis-à-vis de Paul, que je découvre. Comme s'il jalousait son ascension professionnelle, cette occasion de retour au cœur des affaires à Paris, alors que lui persiste dans son statut d'entrepreneur en Anjou.

Parfois, j'en viens à les comparer. C'est moche mais tentant. J'ai lu quelque part qu'à grande échelle et sur le temps long de l'histoire de l'humanité, les femmes tendaient à choisir l'homme porteur de la plus grande promesse de protection et d'ascension sociale, études sociologiques à l'appui, pendant que les hommes, eux, cherchaient à répandre leur semence à la surface de la Terre pour se perpétuer à coup sûr, dans une logique extensive. Les moteurs profonds des unes et des autres divergeraient donc fondamentalement, expliquant des comportements sociaux parfois aux antipodes entre les deux sexes.

À l'aune de cette théorie, qui devrais-je choisir ? Paul certainement. Plus jeune, plus diplômé, plus brillant, plus montant. Est-ce pour cette raison inconsciente et profonde que je n'arrive pas à le quitter ? Pour l'affinité retrouvée dans l'appartement haussmannien, ô les vertus stabilisatrices de la fameuse trinité parquet-moulures-cheminées. Cela me fait sourire, pendant que sur l'ordinateur je tapote un titre de recette entr'aperçu l'autre jour sur un site pour jeunes femmes désœuvrées en quête de légitimité culinaire.

Introuvable, la recette m'échappe, impossible de me souvenir du nom de ce site. Sur la barre de navigation Internet je clique sur « historique ». C'est alors que je m'arrête perplexe : dans les consultations récentes figure un étrange intitulé, celui du magazine homosexuel le plus insolent et drôle du moment.

Merde, Salomé a dû venir naviguer, je n'ai pas fait mettre le bouclier parental que proposait le fournisseur d'accès. Mais l'hypothèse s'effondre. Salomé est trop petite, nous venons d'acheter ce nouvel ordinateur, elle a pris l'ancien dans sa chambre et en est toujours à Carmen San Diego, je ne l'ai pas vue aller sur Internet encore, ni s'approcher du nouveau Mac. Rose a 4 ans et ne s'intéresse qu'aux livres.

Sur la barre de navigation, j'hésite à cliquer, mais je ne vais pas le faire. C'est lui, c'est Paul. Cela ne fait aucun doute. Paul…

J + 1206

Je n'ai pas pu lui parler aujourd'hui, me suis contentée de le regarder.

J + 1210

J'ai réussi à lui poser la question, ce soir, après le coucher des filles. J'étais postée debout dans le couloir, les jambes écartées pour la stabilité.

« Il y avait une drôle d'adresse de site sur l'ordinateur, Paul, pourquoi ? »

Il ne m'a pas regardée l'air outré, n'a pas protesté, n'a pas non plus baissé la tête, ne m'a pas évitée. Après un moment d'étonnement, puis de réflexion – ce n'était pas la peine de nier – il m'a fixée en me disant :

« Curiosité, pulsion… C'était juste ça. »

Ça arrive non ? Comme se masturber le matin dans la torpeur du réveil, comme regarder les seins des filles dans *FHM*. Oui mais là justement ce n'était pas des seins de filles. Oui mais ça ne t'est jamais arrivé, à toi, hétérosexuelle patentée, de regarder le cul des filles dans les magazines masculins et de sentir monter l'excitation ? Si. Quand je recevais au bureau les justificatifs de mes pubs de bière dans les magazines de mecs, quand je feuillette un numéro porno-chic de *Vogue*. Il a dit ce mot « pulsion ». J'essaie de me souvenir. En effet ça ressemble à ça. Est-ce que je lui demande

« pourquoi cette pulsion-là » ? Non, c'est lui qui reprend :

« Ça ne t'arrive jamais, à toi, une pulsion ? » me dit-il, devançant la prochaine question, la contournant avec son intelligence consommée de la conversation.

« Si si… »

Fin de l'histoire.

J + 1207

Comme pour infirmer mes supputations, Paul me fait l'amour avec soin, aujourd'hui.

Je ne parlerai de rien à Roch. Je n'ai pas envie que cette hypothèse de l'homosexualité de Paul trouble notre relation, lui fasse l'effet d'une révélation, en lui fournissant une explication de notre liaison, erronée d'ailleurs, ou dans tous les cas insuffisante. J'ai peur de sa réaction, que lui vienne l'idée qu'il ne sert que d'objet sexuel depuis le début. C'est faux.

Et puis je n'ai pas de conviction. Je songe au rapport Kinsey sur la sexualité des Américains d'après-guerre, dont un professeur nous avait parlé, et qui établissait sept strates de comportements différents entre le complètement hétérosexuel et le complètement homosexuel. Les conclusions m'avaient frappée : en plein maccarthysme, un sociologue osait raconter la complexité de la sexualité, les mille et une formes que peut prendre la *vraie* vie sexuelle des individus. Alors quoi, il a eu une pulsion, la belle affaire ? N'a-t-on pas une vie sexuelle normale pour un couple qui se targue déjà de seize ans de vie commune ? Je ne sais pas en fait. Je ne sais rien, ni dans un sens ni dans l'autre.

Je me souviens simplement de ma première impression en le voyant, j'avais confié à ma meilleure amie :

« C'est drôle, Paul, on dirait qu'il n'a pas d'orientation sexuelle.

— Tu veux dire ?

— Oui, comme s'il n'avait pas encore choisi.

— Tu crois ? Moi je crois plutôt qu'il te tourne un peu autour… »

Il avait vingt-trois ans, moi vingt-deux. La suite donna raison à ma copine.

Je me souviens aussi lui avoir posé cette question abrupte au début de notre histoire :

« Tu as déjà couché avec un garçon ?

— … ?

— Tu l'as déjà fait ?

— Oui.

— … ?

— Et alors, ce n'est pas moi, je ne me suis pas senti bien, après, pas bien du tout. »

Je peux encore me rappeler, seize ans après, la sincérité de sa voix. Ainsi s'étaient évanouis mes maigres doutes, jamais ravivés jusqu'à ce jour récent. J'ai beau fouiller le passé, scruter les hauts et les bas de notre vie intime, le calme plat après la naissance de Salomé, mais j'étais alors blessée par l'accouchement, pendant plusieurs mois incapable d'affronter la douleur dans cette partie de mon anatomie, persistante, vive, c'est moi qui freinais. Il m'a fallu du temps pour retrouver des sensations normales.

Alors non, je n'y crois pas.

Je crois à un certain désamour, malgré la parfaite complicité intellectuelle, l'affinité jusque dans l'humour entre Paul et moi, jusque dans cette capacité de dérision que nous avons au sujet de notre quotidien commun, et qui fait surgir la panacée du rire entre nous, cet antidote puissant à l'ennui. Je crois à un éloignement par notre double aspiration au travail, à être quelqu'un vite et bien. Je crois à la vie désormais trop longue pour que la majorité des couples n'explose pas en plein vol. Je crois à l'inattention à l'autre, insidieuse, qui compromet peu à peu notre pouvoir de le rendre heureux. Et surtout à la résignation coupable à cette inattention. Je crois aussi que les couples qui résistent à cela, tenez, sont relativement rares, il suffit de regarder autour de soi.

C'est curieux que, propulsé au cœur des enjeux de sa propre vie, on ne sache jamais rien. On est bien meilleur sur la vie des autres que sur la sienne.

J + 1315

Roch a bien joué.

Je l'ai vu aujourd'hui, un dîner à Montparnasse dans un bistrot rue Delambre. Il débarque à Paris. Il ne supporte plus une vie professionnelle dont l'horizon s'arrête à l'estuaire de la Loire, alors que le business dans lequel il excelle n'a pas de frontière. Sa vie privée hésite entre notabilité et élite entrepreneuriale régionale, s'enlise entre le Rotary Club local et le collège privé des enfants.

Je voyais bien qu'il n'y arrivait plus depuis quelques mois, et il m'avait prévenue : « Tu vas voir, je vais te suivre, j'arrive à Paris, c'est une question de mois. » De « moi », voulait-il dire, car je sais bien que c'est son ego qui l'attire ici, et un besoin impérieux de se mesurer à des enjeux professionnels d'une autre nature. Il a cherché une occasion, une bonne, et l'a saisie : un contrat en béton, une opportunité de grandir, prendre de l'envergure. Il ne sera pas en reste.

Je devrais être joyeuse – on va se voir plus souvent – mais ce changement-là ne m'inspire rien de bon : c'est la fin des nuits autorisées hors domicile conjugal, et je pressens que la logique de l'hôtel, qui a eu bon dos jusqu'à présent, deviendra plus difficile à manier aux yeux de son épouse qui, ces derniers temps, était plutôt circonspecte.

Et puis il me lâche ce truc énorme : « Pour la convaincre de quitter Angers, je me suis engagé à être davantage présent à la maison. » J'éclate de rire :

« Sérieux ?

— Oui, sérieux.

— Ah bon ?

— Oui, et puis tu sais, ma fille ne va pas très bien…

— Ah bon ?

— Non. C'est une adolescente maintenant et elle a… comme une sorte de malaise. Elle a du mal à manger. C'est dramatique, j'en pleurerais. »

Je comprends instantanément.

« Excuse-moi, je ne veux pas en parler maintenant.

— Tu…

— Je ne veux pas, je ne le supporte pas. »

La voici donc, la porte fermée. Celle au seuil de laquelle s'arrête la parole. Je respecte l'interdit. L'assure que lorsqu'il voudra, lorsqu'il pourra, mon écoute sera attentive. Point.

Dans le bus noctambule du retour, j'essaie de reconstituer la toile de fond familiale de ce drame. J'imagine la jeune fille dont il m'a montré des photos, et qui a déjà beaucoup d'allure, avec sa taille mannequin et ses boucles acajou.

Il me décrit sa femme comme quelqu'un d'intransigeant, avec qui le ton monte quand sa volonté est contrariée, et j'ai déjà surpris entre eux, au téléphone, des discussions orageuses. Mais il la porte aussi au pinacle comme une mère des plus aimantes. J'ai aussi constaté qu'en cas de dispute, même au sujet des enfants, il ne mettait pas longtemps à céder. Il m'a avoué que sa fille ne supportait pas les conflits entre eux, qu'elle leur disait régulièrement sa peur qu'ils divorcent. Et si c'était sa manière de s'interposer, de se mettre en travers d'un chemin qu'elle a dû deviner incertain, chaotique ? On ne passe pas ainsi par-dessus sa fille en danger. Qu'y a-t-il de plus alarmant pour des parents que ce lent suicide au quotidien de leur enfant, que cette grève de la faim sans autre objet que sa propre destruction ? La fréquence des absences de son père, de ses isolements téléphoniques, sa suspension aux SMS ont peut-être eu raison de son ignorance. Il suffit d'un rien, d'un téléphone abandonné sur une table. Si la mère ne voit pas c'est qu'elle le veut bien, je ne suis pas loin de le penser pour Paul aussi, d'ailleurs, mais on ne peut pas empêcher une jeune fille de quatorze ans à fleur de peau de ressentir, de savoir, peut-être même de chercher. Et de s'inventer une défense, de construire autour du trio adulé la plus efficace des forteresses : une maladie, l'anorexie, un syndrome de la difficulté d'être soi. Il y a tellement de causes, l'écheveau des tenants et des aboutissants se fait certes inextricable. Mais ce qui est lisible, cette mise en danger de sa propre personne, serait-ce l'ordalie qui rappelle à l'ordre le coupable, celui qui sait, pour qu'il lui devienne impossible de prendre une autre décision que celle de rester ? Un geste sacrificiel qu'il appartient au père d'empêcher. D'un coup cette explication en apparence sommaire me persuade. Je la lui énoncerai s'il m'en reparle.

Au fait, qu'en est-il de mes fillettes ? Je les crois petites depuis si longtemps qu'elles ont bien fini par grandir. Pas un instant je n'ai pensé qu'elles pouvaient savoir, elles aussi. Je crois les protéger par le secret, dont on sait bien qu'il peut ruiner une famille sur plusieurs générations.

J + 1423

Je l'ai fait. J'ai vu sa femme. Plusieurs jours que ça me taraudait. Je voulais savoir, ou plutôt voir, avec qui il vit, pour qui il reste.

C'était très simple, bien plus simple que tout ce que j'imaginais. Je n'ai eu qu'à me poster en bas de leur nouvelle adresse, au volant de ma voiture. Il part tôt à son travail. J'arrive après, à l'heure où les femmes au foyer, passée la tornade du matin, entrevoient une accalmie et envisagent de sortir faire les courses. La jeune fille sort d'abord, je la trouve belle, et évanescente. Elle passe comme un ange, frôlant la carrosserie. Elle doit avoir cours un peu plus tard, elle porte un sac avec ses affaires de classe, et elle part sans vêtements, oui, c'est cela qui m'a frappée, il ne fait pas encore chaud mais elle est vêtue d'une chemise à carreaux et d'un jean. Je n'ai pas bougé de l'habitacle. Je n'ose pas regarder, j'ai l'impression d'une effraction. Je la suis des yeux dans le rétroviseur, sa démarche est celle d'une petite fille, malgré ses 14 ans et sa taille.

Je regarde mes mains, elles tremblent. Le courage de rester me manque un peu, une partie de moi se défausse à l'idée de cette petitesse, épier sa famille, guetter cette femme. Au bord de renoncer, je saisis le volant à deux mains… La curiosité est trop forte, je veux en avoir le cœur net.

C'est alors que s'encadre dans la porte de l'immeuble une silhouette haute et trapue, imposante, mais comme voûtée, sous le joug d'un abattement. Elle marche à pas lents, on voit bien qu'elle n'a rien d'urgent à faire. Je sors de la voiture et claque la porte. C'est elle, j'ai vu des photos, c'est son visage. Deux grands yeux bleus qui mangent sa figure. Je la suis, renversée d'émotion. Je m'attendais à une femme sinon belle, du moins spectaculaire, avec comment dire, pour coller aux descriptions de Roch, du panache. Et je marche dans les pas d'une femme fatiguée, trop lourde, aux yeux écarquillés et vaguement hagards. Quelqu'un qui porte avec peine son excédent de poids et de maux. Fragile malgré sa corpulence. Ses membres sont épais, ses mollets de la taille de mes cuisses. Après tout, peut-être est-il venu chercher cela, un corps plus léger, le corps de la danseuse que je ne suis déjà plus, mais une souplesse, une gracilité qui perdurent, voilà. Un petit corps, encore tonique, à peine plus développé que celui des gymnastes roumaines, dont je n'excède pas la taille. La certitude me vient que mon corps le repose, le déleste, que ma mobilité le surprend et le détend, il me parle souvent de mes gestes, du brin d'agitation que je sème en bougeant, sans faire exprès, mais somme toute je brasse de l'air, ma queue-de-cheval se balance, et je cours, je sautille, je grimpe les escaliers quatre à quatre, je suis avec mes pieds les lignes du trottoir, et « les dames ne font plus ça », m'a-t-il dit l'autre jour. Le corps qui se meut devant moi ce matin a depuis longtemps abandonné l'idée de produire une dynamique. Il avance en toute pesanteur. La grâce l'a quitté, on dirait. C'est dans le visage qu'il faut aller la chercher. Les grands yeux, les cheveux longs blond platine, une bouche d'où peut venir un sourire solaire, je le sais.

Je la suis le temps qu'il faut, il me paraît long mais au fil du chemin je me détends un peu. Elle ne sent absolument pas ma présence, elle ne s'est pas apprêtée pour sortir, elle a baissé sa garde. Là où elle va il n'y a guère d'enjeu. Mon initiative me semble relever d'un viol. Sur l'avenue, elle entre dans une boutique de beauté, oui c'est cela, chez une esthéticienne. Je reste un instant devant la vitrine et l'enseigne annonce une onglerie, elle porte un joli nom, *Peggy Sage*. Je n'ai jamais mis les pieds dans une onglerie, c'est cocasse. À 10 heures du matin un mardi, on ne va pas se bousculer chez *Peggy Sage*. J'entre. Elle est là devant le comptoir, et elle dit à la jeune fille qui arrive de l'arrière-boutique cette phrase surréaliste pour moi, aussi insondable que le gouffre qui me sépare de cette femme insaisissable : « J'ai rendez-vous. » Ainsi donc va la vie. Rendez-vous à l'onglerie. « Mais oui bien sûr asseyez-vous », lui suggère la jeune fille. Elle se cale alors sur un siège bien trop petit pour son grand corps, un tabouret de boudoir recouvert d'une housse en éponge. « Qu'est-ce qu'on pose comme couleur aujourd'hui ? » Je voudrais disparaître. Ce « on » que j'entends aussi chez le coiffeur, qui est celui de tous les professionnels qui interviennent sur la personne humaine, ses cheveux, son corps, ses mains, ses pieds, pour s'occuper de sa beauté, ce « on » tout à coup me paraît obscène. C'est comme si son intimité était déballée devant moi, là, au milieu de la boutique. Et puis il y a le verbe, poser : le jargon, la technique. Je chancelle. Elle a répondu : « violet ». D'accord, très bien, c'est dans l'air cette saison, en effet. Il me vient un soulagement de courte durée à l'idée qu'elle aurait pu avoir un rendez-vous d'épilation : aisselles, maillot ? Ma perplexité est si totale dans ce boudoir rose que je finis par attirer l'attention des deux femmes, malgré le peu de place que j'y occupe. Elles se tournent toutes deux vers moi : « Et pour vous, madame ?

— Je… je voulais juste regarder les vernis.

— Oui bien sûr. Toutes les couleurs sont là, tenez. »

Elle me montre le présentoir, une sorte de pièce montée de vernis de toutes les couleurs. L'autre m'a toisée, ignorant qu'elle a sous les yeux la maîtresse de son mari depuis plus de quatre ans. On se croirait dans *Vénus beauté*. Je rougis, avise le présentoir et tourne autour d'un air intéressé. L'attention de l'autre s'est ramassée sur ses mains, qu'elle tend à la jeune fille.

Je prends un flacon et me dirige vers la caisse. La jeune esthéticienne me fait signe : « J'arrive », et voilà qu'elle laisse en plan la main de la femme, littéralement en suspension au-dessus de la petite table de manucure. Je tourne la tête et je vois alors, dernière image d'elle, ce geste d'une grâce ultime, le coude replié sur la table, la main en col de cygne, attendant son heure, les longs cils baissés regardant les doigts en pensant « violet », un demi-sourire rêveur oublié sur les lèvres. Un instant de féminité totale. Je pense à la femme de Virgin sur les affiches, à cette grâce absolue du gros corps dans la pose. Je paie en espèces et en urgence. La fille me tend un sachet et retourne en hâte à sa tâche.

Dehors je fuis, je cours jusqu'à la voiture. Et là seulement je regarde la couleur du flacon, j'ai pris n'importe lequel, je ne me souviens de rien. Je tremble comme une feuille et on dirait bien que je pleure. J'ouvre le pochon d'une main humide de larmes : violet.

J + 1490

Paris 16 août. Dans les rues vides de rares conducteurs jubilent au volant de leurs voitures, retrouvant un brin de sauvagerie comme s'ils chevauchaient dans les plaines du Far West. Sous les capots les moteurs vrombissent, les feux semblent infiniment verts, la voie est libre.

Dans ma Twingo je goûte à cette fluidité de la ville, rare, qui la rend belle et l'oxygène, quelques jours au creux de l'été. Mon téléphone est posé sur mes genoux mais je n'appelle pas, pas encore. Je retarde le moment où je vais retrouver la voix, sa voix, après ces longues vacances, trois semaines dans un pays sans portable. Je savoure cette petite attente, plus jubilatoire que l'autre, la longue : cette plage de temps qui me sépare du moment où, à mon oreille, glisseront les mots du manque, du désir et de l'amour retrouvé. Déjà hier, à l'aéroport, les messages accumulés sur ma boîte vocale enfin ranimée m'ont remplie de lui.

Je repense au début de notre liaison, je lui avais ouvert une porte, que je pensais étroite. « J'ai un mari et je l'aime », lui avais-je dit dès le deuxième rendez-vous. Je ne me croyais pas capable de cette double vie, si longtemps. En moi j'ai trouvé celle qui donne le change, à son homme, aux enfants, à la famille, aux amis, au travail, et celle qui écoute, fébrile, les messages du portable dans les coins reculés de la maison, qui pose un baiser le soir sur les joues des bambins et part dîner en hâte, ailleurs, les cuisses gainées de bas noirs.

Pourtant, la souffrance me vrille : une déchirure qui livre à mon estomac des torrents de bile. Je me dis sans cesse qu'il me faudra trouver la force, un jour, pour de bon, de renoncer à cette vie aberrante. Provoquer la fin de son couple, la fin du mien, ou la fin du nôtre. Le dilemme reste entier, et dans cette zone qu'on appelle l'irrésolution.

Dans l'instant, la fin des vacances signifie retrouvailles et baisers. Bientôt. Un peu fébrile, je reprends possession de mon bureau malmené pendant mon absence, courrier et journaux amoncelés et reliefs d'envahisseurs peu scrupuleux, canettes vides, mégots.

Mon Mac familier aura gardé tous mes mails de l'été, il démarre en poussant un petit cri où se mêlent une surprise et une bonhomie quasi humaines.

Je prolonge avec délices cette attente que je m'impose : d'abord les mails, après appeler Roch. Le désirer encore un peu.

Une colonne de drapeaux rouges s'affiche sur l'écran, suivie des noms des expéditeurs : mes nouveaux messages. La liste n'est pas si longue, un quart d'heure de lecture tout au plus. Je les ouvre dans un ordre à moi seule intelligible, les trie, les archive, les jette. Je garde le meilleur pour la fin, les e-mails personnels. Celui de Claire, mon amie d'Australie, jamais avare de nouvelles. Que devient-elle ? Elle nourrit un projet de retour sur le vieux continent. Cet été, lors de ses vacances en France, elle a passé quelques entretiens professionnels, à droite et à gauche : elle voudrait rentrer avec un job. Je sais qu'ainsi, elle se prépare à quitter un mari qu'elle n'aime plus depuis longtemps et qu'un matin, elle prendra un taxi pour l'aéroport avec ses filles. Claire est de ces femmes que la nature n'a pas voulu parer de toutes les largesses de la beauté, peut-être parce qu'elle les a trop bien dotées en intelligence. En elle cette injustice laisse une faille, béante, touchante. Sous sa volonté de fer il y a une vulnérabilité, celle de ne pas avoir tout à fait le corps qu'elle mérite. C'est cela son charme, une fragilité qui se cache, ne s'avoue jamais et se réfugie discrètement et impeccablement dans un esprit vif, ferme, déterminé. Une séduction qui ne devrait rien à la joliesse, et qui tiendrait à l'ultime fragilité d'une femme, quand il lui a manqué les quelques certitudes qui viennent de la confiance intime du physique.

Mon regard glisse rapidement sur les banalités de son voyage de retour en Australie. Il achoppe sur la fin du message :

« Depuis notre rencontre, une relation particulière est en train de se nouer entre Roch et moi, plus virtuelle que réelle pour l'instant, et totalement platonique, puisque des océans nous séparent. Disons une complicité téléphonique et cybernétique… Avant d'envisager une histoire commune, j'aimerais te poser de vive voix une question sur laquelle, je crois, toi seule peux m'éclairer. Merci, en tout cas, de m'avoir fait rencontrer Roch, c'est la meilleure surprise de l'été en date.

Appelle-moi vite.

Claire. »

Je sens une mauvaise chaleur s'emparer de moi, une vague d'angoisse et de jalousie me submerge en un clin d'œil. Un peu de malheur brut déferle dans mes entrailles. Longtemps que je n'avais ressenti ça. Ça fait mal, trop mal. Mes mâchoires et ma langue répriment une nausée. Mes mains tremblent, mon cœur cogne dans ma poitrine. Ce n'est pas vrai, il n'a pas pu faire ça. Dans ma gorge se bloquent des sanglots prêts à éclater.

Je n'ai aucun mal à retracer l'histoire, à relier entre eux les quelques faits que je n'avais même pas songé à suspecter. Cet été, sur mes conseils et mon entremise, Claire avait rencontré Roch, il avait un job à proposer et j'avais tout de suite pensé que la mission pourrait la tenter. Elle avait donc profité de son séjour estival ici pour faire connaissance avec lui. J'avais vu juste, il l'avait trouvée taillée pour ce travail, et « intéressante » : « Du cran, géniale ! » J'avais jugé son enthousiasme un peu voyant, et m'étais étonnée qu'il sût, par ailleurs, autant de choses sur elle : ses goûts cinématographiques, ses envies de voyage, ses difficultés dans l'éducation des enfants… Un simple entretien d'embauche, certes, mais qui s'était mué en un long et agréable déjeuner. Il ne m'en avait rien caché et je n'y avais rien vu d'alarmant. Il m'avait expliqué que pour une entreprise, une femme capable de rentrer d'un continent lointain seule avec sa progéniture rien que pour changer de vie était une recrue enviable. Il ne m'avait pas semblé lire beaucoup d'humour dans son propos. Et j'avais eu une envie cynique de lui demander s'il avait déjà eu cette révélation, dans sa vie, du courage des femmes. Et à quel âge pour la première fois ? Non mais j'vous jure ! Je m'étais abstenue, car je savais qu'il accuserait ma susceptibilité de femelle vigilante et mon manque absolu de second degré sur la question, qu'il se rétablirait d'un trait d'humour, et qu'il le ferait gentiment parce qu'au fond il aimait les femmes, bien plus que les hommes, dans le travail et dans la vie. Quant à Claire, la proposition la titillait, mais elle l'avait finalement refusée. Déçu, il me l'avait raconté avant mon départ en vacances. Bien sûr elle ignorait tout de ma liaison avec lui, et je me souviens même avoir aimé l'idée qu'une de mes amies le connût sans rien savoir.

De l'autre côté du globe, Claire dort à poings fermés auprès d'un homme qui ne lui inspire plus qu'indifférence. Amoureuse de Roch. Je la connais suffisamment pour savoir qu'en elle la grande machine du sentiment s'est mise en branle, avec toute la force de son caractère. Comment ai-je pu n'en rien prévoir ? Oublié que la séduction de Roch agit presque sur toutes les femmes, qu'il distille un charme puissant et troublant. Surtout au téléphone, à cause de sa voix. Voix d'homme qui a retenu un peu de l'essence du masculin, et qui a admis en lui sa part de féminin. Entre, douceur, tu es mienne aussi.

Naïve, insouciante, assez conne pour croire que tout cela n'est réservé qu'à moi.

En post-scriptum, l'e-mail de Claire dit aussi qu'elle est en voyage, on ne pourra la joindre que dans deux jours. C'est bien plus que mon sang-froid n'en peut supporter.

Mais lui est là. Il va me dire, m'expliquer, il ne pourra pas se dérober. Je compose le numéro. Là où il est, il sait déjà qui l'appelle.

Sa voix. Elle est douce, basse et enveloppante, la voix des hommes qui depuis l'âge tendre prêtent attention aux femmes, rompus aux entreprises du charme. Ses intonations, la manière dont il les infléchit, laissant la conversation se teinter soudain de complicité, ouvrant une porte discrète et délicate sur sa propre intimité ou celle de l'autre, révèlent une expérience déliée et un goût sans limite pour l'âme féminine, et aussi, plus profond, plus lourd, pour l'aventure des corps.

Il n'est pas beau, il est « bien », comme disent les belles-mères. De l'allure, une ampleur, fluide et ferme dans ses mouvements et sa démarche, protecteur et galant dans ses moindres gestes à l'égard des femmes. Seul le visage, encadré du noir corbeau de ses cheveux, reste dur, tendu, sauf dans cet ultime abandon du plaisir où il ne vient qu'à regret, d'abord attentif à entraîner l'autre au bout de cet oubli qui le gagne à son tour.

Si j'en suis tombée amoureuse, quelle présomption de penser être la dernière ! Bien sûr il me dit que notre amour le comble, interrompant un moment une quête qui a été, raconte-t-il, plus compulsive qu'il n'aurait voulu. Le bonheur, la sérénité qu'il en tire ne sont pas feints. Pour la première fois il est fidèle à une maîtresse, depuis longtemps. Mais, à plus de quarante-cinq ans, sa séduction ne se dément pas, bien au contraire. Pourquoi le devrait-elle ? Cette maturité et le bonheur d'aimer et d'être aimé fort et pour lui-même, dont il me sait gré, ne donnent-ils pas à cet homme attirant un surcroît de charme ? Que dit-il aux femmes qu'il rencontre ? Que leur fait-il ? Immanquablement il plaît, je l'ai su dès la première rencontre.

« Bonjour. »

C'est un bonjour d'amour, tendre et suave.

La sécheresse du mien le surprend.

« Ça ne va pas ? »

Lisons-lui plutôt l'e-mail. Ma voix peine sur les mots, se brise. À l'autre bout je le sens se décomposer. Il proteste violemment, dit qu'il n'a rien fait, qu'elle est folle, mythomane, « ma copine ».

J'éclate : « Mais enfin pour qu'elle en soit là, il y a bien eu, comment dire, du charme entre vous ? »

Je sais qu'il ne niera pas, que sa nature le mène là, dans l'exercice de ce pouvoir sur l'autre jusqu'à la soumission, qu'il en a le goût, le besoin. Qu'il aime plaire jusqu'à l'ivresse. Jusqu'à ce point de non-retour où la séduction se fait à la fois promesse et demande. Jusqu'à ce que le désir de l'autre éveille le sien. Le désir s'épanouit-il jamais chez l'un sans deviner son propre écho chez l'autre ?

Je le lui dis. Parce que je sais la part de narcissisme qu'il y met, je la lui rappelle vertement. Il la reconnaît ; il s'y est, avec mon amie, laissé aller par jeu et peut-être par habitude, sans intention plus claire que celle de la voir, elle, la forte, la cérébrale, succomber comme une midinette, après une rencontre et trois coups de fil. Mes reproches tournent un peu court. Je le sens malheureux, honteux. Il parle d'appeler Claire pour mettre un terme à cette ambiguïté et je l'en dissuade.

Sa faiblesse est là au grand jour, dans le silence au bout de cette conversation. Il n'avait pas envie de la voir s'étaler ainsi, crûment et sans ménagement, sous mes yeux baignés de larmes. Mais voilà qu'elle se livre à mon regard, et au sien, par hasard, et avec une totale indécence. Pourquoi nous est-il donné d'apercevoir le gouffre chez ceux qu'on voudrait pouvoir aimer aveuglément, toujours ? Et pourquoi cela devrait-il nous en empêcher ?

Le combiné gît sur mon bureau entre les numéros de *Fashion Daily* que je ne vais pas décacheter, dérisoires témoins d'une fracture. Je raccroche la mort dans l'âme. Et soudain je le vois comme un enfant gâté. De ceux qui ne pensent pas à toutes ces femmes qu'ils laissent égarées au bord d'une rencontre, perdues dans un désir soudain sans réponse, dont le reflet vient subitement à se dérober. Parce que la demande se fait trop instante et que l'homme n'est plus sûr de vouloir abonder. Un jeu, vous ai-je dit.

Je sais qu'il a abandonné Claire avant, juste avant. Avant l'abîme. Dans le doute, l'impatience. Avant le mystère et peut-être avant l'amour. Il ne ment pas, j'en ai la certitude. Je pensais simplement qu'il n'aurait plus envie de le faire. On ne sait jamais bien ce qu'on vit avec l'autre.

C'est Claire qui m'appelle dès son retour, 7 h 30, heure de Sydney, ses valises à peine posées, sans ambages :

« Je voulais te demander : est-il coutumier du fait ?

— Non, je ne crois pas, pas à ma connaissance. »

Je ne peux pas jeter l'e-mail, vider la corbeille comme on dit. À peine un kilooctet, figé dans la mémoire de mon ordinateur. Il est là comme une fêlure. Il fait son travail.

J + 1491

J'ai vomi à nouveau. Cette fois je l'ai senti à l'avance. Je suis allée vomir correctement, dans les toilettes, au bureau, après le repas. J'ai d'abord lutté, inondée d'une mauvaise sueur, au-dessus de la cuvette, cherchant à l'éviter. Pourquoi la regarder, puisque rien ne doit, rien ne peut venir. Puis j'ai obéi, dans un sanglot, à l'injonction de mon corps. Non, tu ne peux pas garder cela. Il m'a fallu un quart d'heure pour reprendre mes esprits. Puis j'ai rincé ma bouche au lavabo et je suis revenue à mon bureau. Le téléphone a sonné, c'était lui, en pleine forme. Je lui ai vidé mon sac, dégueulé, une deuxième fois, ma misère de mots, de colère, dit que la coupe était pleine. Un vase d'amertume qui me tue à petit feu, me terrorise. Vomir me terrorise. Pour le lui dire je me suis cachée, le portable à l'oreille, dans l'escalier de service. Il me répond que ce n'est pas ça, que ce n'est pas possible, que j'affabule. Qu'il a réfléchi à l'e-mail de Claire et ne comprend rien.

Je crois que lui, enfin il me semble qu'il me l'a dit un jour où nous parlions de ma phobie, il se fait vomir quand il ne se sent pas très bien. Et qu'après il va mieux. Je clos la conversation en lui disant que moi ça ne me soulage même pas.

J + 1556

Le malentendu avec Claire a jeté un trouble, ennuagé l'affaire.

C'est la différence des sentiments de part et d'autre qui m'obsède. Il vient peut-être un moment dans l'amour où la symétrie parfaite se désagrège. Quand l'un est plus engagé que l'autre. La part de cerveau et de cœur que j'occupe chez lui me semble d'un coup, depuis l'incident « Claire », infiniment plus petite que l'espace qu'il s'est arrogé en moi. Une fois le feu éteint, je lui ai finalement demandé de dire à Claire la vérité sur notre liaison, et de s'excuser, et il n'en a rien fait, preuve qu'il n'avait pas envie de lui causer une quelconque déception ni de passer pour un malotru. À froid, sauvegarder sa propre image lui est apparu plus important que de panser ma blessure.

Je sors du bureau et dehors c'est l'été indien. Sur le trottoir du faubourg Saint-Martin il fait plus chaud qu'au mois d'août. Je vais l'appeler et lui parler en marchant, ainsi ce sera plus simple. Je ressens ce besoin de marcher comme une urgence. Je compose son numéro, il est 13 heures, je l'appelle à l'heure du déjeuner mais il est seul dans son bureau. Il est surpris par la froideur de ma voix. D'abord je marche vite, et les reproches fusent au rythme de mes pas : « Moi je n'aurais jamais fait ça, draguer quelqu'un même sans intention, jamais tu entends, je ne sais et ne veux plus faire de charme à quiconque tant que tu es dans ma vie, pourquoi est-ce que toi tu as encore envie de le faire ? Qu'est-ce que ça veut dire ? Tu ne m'aimes pas ? Tu es prêt à avoir d'autres maîtresses ? Hein ? Pourquoi pas ?... » Je le sens s'effondrer sous le poids de ma diatribe. Il se tait. Je recommence je crois. Et il éclate : « Mais quoi, qu'est-ce que tu me reproches à la fin, il ne s'est rien, mais rien passé tu entends, ce n'est pas ma faute si elle est mytho ton amie, je ne l'ai pas draguée comme tu prétends, je n'ai rien prévu, rien tenté, rien... » Mais je connais Claire : elle est d'une absolue lucidité. Je marche plus lentement et m'entends lui dire : « Je préfère qu'on arrête, je t'assure, je préfère, je souffre déjà trop à cause de toi, arrêtons s'il te plaît... » Je raccroche. Rue du Château-d'Eau, je me pose sur le banc, devant la caserne des pompiers sur la petite place. Des collègues de mon bureau déjeunent en terrasse au Réveil du 10e et me hèlent. Je fais semblant de ne pas les avoir entendus et d'envoyer un SMS. J'entre dans le marché couvert pour dissimuler mes pleurs aux regards des collègues et des passants. Je passe indifférente devant la boucherie dont le propriétaire vient d'être arrêté parce qu'on avait retrouvé sa femme coupée en morceaux dans un de ses congélos. Je la contourne et ressors du côté de la cordonnerie. Je passe pour la deuxième fois devant mes collègues absorbés dans la mastication de leur pièce d'Aubrac, remonte Château-d'Eau puis oblique vers le canal Saint-Martin. Rue des Vinaigriers, je prends le petit passage désert qui rejoint la rue des Récollets. Le canal coule là, au bout. Je le lui ai dit, je l'ai dit. Où ai-je trouvé cette phrase si absurde ? Pourquoi ai-je dit « arrêter ». Je voulais simplement dire « parler ». Oui je voulais dire « je voudrais qu'on parle », c'est ça, mais un autre mot m'est venu, qui n'a rien à voir avec ce que je pense, avec ce que je veux, j'ai fait une erreur, c'est irréparable. Mes larmes coulent sans fin le long du canal, je traverse, reviens, il me semble que je suis loin, que je suis perdue, je reconnais le siège de Clairefontaine, le fabriquant de cahiers, c'est une ironie du sort ma fontaine de larmes devant chez eux, puis je reviens vers mon bureau, il faut retraverser, il est déjà tard, et j'entre chez Stella Cadente et la vendeuse qui me connaît bien me propose de m'asseoir et je vois sur un cintre une très belle jupe en tulle mauve clair avec une bordure orange fluo stabilo et j'enfile ce tutu et le paye en pleurant et rentre avec le tutu sur moi et ma jupe de bureau dans un sac et au coin de la rue des Récollets et du Faubourg je m'arrête comme d'habitude devant la vitrine du marchand d'armes, il a des revolvers incroyables et des couteaux plus acérés que ceux du boucher de la rue du Château-d'Eau, je devrais peut-être en acheter un, ça a l'air en vente libre tout cet attirail de métal et de feu, et sa vitrine de rentrée est belle à pleurer, et le téléphone sonne, je réponds machinalement sans regarder le numéro avec une drôle de voix toute fluette et j'entends : « Arrêter, je ne pourrai pas. Je ne veux pas, non, et je ne peux pas. Ce n'est pas possible. »

L'attente n'annihile pas les plaisirs, loin s'en faut. Elle en crée, se délecte des situations particulières qu'elle engendre. Devoir penser à l'avance à un hôtel, à un lieu de rencontre, tout préparer pour que l'agrément soit à son comble. Réfléchir, comparer les endroits, les possibilités, imaginer l'enchaînement des moments, qui, enfilés comme des perles, feront la soirée. Prévoir et se réjouir de cette anticipation. Ouvrir le guide Rivages des hôtels de charme, *lire le compliment bien balancé de l'auteur, et hésiter, tourner les pages, tomber sur une nouvelle possibilité, les soupeser toutes et puis enfin choisir, entre des chambres « où s'harmonisent un beau mobilier, des tissus et des papiers souvent anglais, disposant presque toujours d'un bow-window et d'un coin salon » et d'autres, « décorées avec un goût très sûr et quelques meubles anciens bien choisis », au risque de se tromper, mais en ayant déjà vécu, au fil des commentaires – ô génie du guide Rivages – plus de soirées aux chandelles que le réel pourra jamais vous en offrir.*

Et puis aussi penser aux vêtements, aux parures, appréhender l'effet d'un décolleté, d'une longueur de robe, d'une échancrure, de la bordure d'un bas, en être soi-même troublée au point de jouir très vite devant la glace, en quelques secondes, en quelques gestes de l'annulaire et du majeur.

Avant chaque rencontre, laisser venir à soi la perspective de la plénitude. Cette délectation, dans la durée et la répétition, existe-t-elle sans l'attente ? Est-elle dissociable de la précarité du lien adultère ? On dit qu'elle se nourrit de l'absence de certitude.

Et puis l'excitation légère de l'attente à la terrasse d'un café, quand le regard cherche au coin de la rue la silhouette familière, désirée mais toujours échappée, et ce moment, où venant d'ailleurs une main se pose sur votre épaule. Comment égaler ce bonheur intangible de l'apparition, de cette allure de l'autre à venir vers vous, légèrement porté, soulevé par le désir, avec ce sourire flottant qui vient du fond des joues, de ces mêmes glandes qui font qu'on se régale d'un mets quand il approche avant même de l'avoir goûté ?

L'attente compte ses plaisirs un à un, d'ailleurs elle ne déteste pas l'ordre. On y range ses souvenirs comme des livres dans une bibliothèque. Elle rend aussi attentif à saisir les occasions qu'à les organiser, à gérer leur ordonnancement. Dans l'attente on cultive le double talent d'opportuniste et de planificateur. L'attente enseigne à doser le plaisir en fonction du temps imparti. Tel rendez-vous reste confiné entre deux séquences de vie, qu'à cela ne tienne, il vous appartient alors de lui donner de l'intensité. L'attente n'est pas ennemie de l'instant.

Elle se repaît de mille petits plaisirs d'autant plus forts qu'ils sont volés. On se prend à bénir l'attente, à la chérir de ne dispenser que des moments rares. En elle s'égrènent les gestes de l'autre comme autant de diamants. L'attente pare de préciosité l'ordinaire. Elle est un prisme à travers lequel la lecture du monde avec l'autre a des airs de sublime.

J + 1660

Les nausées ont repris. Il me faut, pour les juguler, une force de titan. Je n'y parviens qu'une fois sur deux.

Désormais je vomis chaque mois. Je vomis dans l'affolement, je panique. Je crois que je vais mourir. Et en même temps maintenant je m'organise. J'ai du Primperan dans ma poche. C'est dégueulasse et ça écœure d'une certaine manière mais parfois la nausée passe comme ça. Je vomis en famille, presque toujours, quand je suis entourée, de préférence. Entre l'affection dense de mes filles autour de moi, de mon mari, et mon inertie, mon impotence, se produit une collision. L'amour se jette sur moi comme une voiture lancée contre le mur du crash test.

J'apprends par Roch que sa fille vomit aussi, comme la plupart des anorexiques. Ce parallélisme des vomis me sidère : sa fille pour le garder, et moi parce que je voudrais l'éjecter. Je ne lui en dis pas un mot.

Mais je trouve l'occasion de lui parler vaguement de ma théorie selon laquelle sa fille se met en danger pour préserver l'alliance de ses parents. Elle le laisse sceptique et un peu perdu.

Est-ce Roch que je vomis, ou moi ? Qui me dégoûte le plus ? Je m'aperçois que j'ai du mal à écrire son prénom désormais.

J + 1750

Honte de ne rien changer, de ne rien vouloir.

Honte de cette visite grotesque chez le gastro-entérologue qui, après force analyses, me prescrit du Gaviscon, ce médicament qu'on donne aux nouveau-nés pour éviter les remontées acides.

Honte de ces nausées toujours plus fréquentes et auxquelles, alors que je ne pensais pas pouvoir les affronter, je me suis habituée.

Je me sens de plus en plus isolée. Je n'ai encore parlé à personne de cette liaison. Pourtant je ne fais pas exception. Autour de moi des couples ont commencé à se disloquer, des amis divorcent. D'autres calment leurs ardeurs ou leur mal-être avec des amours de passage et feignent l'harmonie. Je m'étonne du peu de remous que créent dans leurs vies ces errances, avant de réaliser que la mienne paraît aussi lisse qu'un galet. J'ai l'impression d'être la seule à souffrir.

En cinq ans mes traits se sont creusés, mon visage a perdu ses rondeurs juvéniles, mon corps est plus nerveux, plus sculpté, moins voluptueux je crois. Roch ne s'en plaint jamais, il a toujours cette avidité de moi. Parfois je me demande s'il s'aperçoit de ces changements. Il faut être attentif, je doute qu'il ait cette acuité. Lorsqu'il me touche, il enlève ses lunettes de grand myope, tâtonne parfois comme un aveugle qui reconnaît un être familier. Le temps le marque beaucoup moins que moi, j'y vois un privilège masculin, la peau plus épaisse qui se ride moins facilement, les muscles plus charpentés qui s'avachissent moins, les signes du temps moins précoces et qui s'accentueront sans doute, mais plus tard.

Sa carrière fait des détours et le préoccupe. C'est l'intense complicité qui nous tient toujours. Et puis, attisé par la fréquence plus faible de nos rencontres, le sexe ne faiblit pas.

J + 1812

Avant d'aller le voir, je prends cette douche rapide, je vérifie que je suis correctement épilée, qu'il n'y a rien de disgracieux du côté du pubis, ni dans ces recoins cachés des jambes, derrière les cuisses et les genoux, hier j'ai fait ce qu'il fallait, normalement. Surtout ne jamais s'épiler le jour même pour que les points rouges qui succèdent à l'extraction violente des poils aient le temps de se résorber. Mais il ne faut pas le faire trop en avance non plus car alors une légère repousse pourrait venir gâcher la douceur post-épilatoire, quelque chose d'assez absolu.

J'ai ce moment d'hésitation dans ma chambre, devant la commode. J'ouvre le tiroir du haut, la lingerie. Le tiroir me laisse perplexe cette fois : sous mes yeux, rangés du plus foncé au plus clair, mes culottes et soutiens-gorge. En bientôt cinq ans se sont accumulées ici les collections entières de Princesse Tam Tam, Lejaby, Ravages, Chantal Thomass, un peu de Fifi Chachnil, un peu d'Eres, un peu d'Etam, on est ouvert, Fall & Winter, Spring & Summer, oui il y a bien des saisons en lingerie, et puis quelques porte-jarretelles, et bien deux ou trois trucs bizarres qui sont cachés tout au fond, à l'obscur pouvoir érotique. Je songe que Linda, dont le regard et la main accrochent parfois cet attirail sur des hirondelles sèche-linge, doit régulièrement me prendre pour une pute. Que mes filles ont dû dénicher tout cela depuis longtemps et rougir au vu de ces accessoires mystérieux mais répréhensibles. Je pense aussi que je les garde un peu pour lui, pour Roch, oui, que je les préserve, qu'en temps normal pour mon mari, je mets des sous-vêtements un peu moins pimpants, par exemple je n'étrenne jamais les effets neufs avec lui. Cela me dégoûte légèrement tout d'un coup. Et puis je cale. Là je ne sais pas, je n'ai envie de rien, j'avise un soutien-gorge en dentelle noire, une culotte haute en satin avec un nœud, et il me vient un découragement, une lassitude. Pourquoi ? À quoi ça sert ? Est-ce qu'il va quitter sa femme pour autant ? Et elle, elle met quoi pour qu'il lui fasse l'amour ? Rien, elle reste en jean et en culotte Petit Bateau.

Je m'assieds un instant sur le bord du lit, nue, une amertume au coin des lèvres. Passer outre ces pensées néfastes, retrouver l'allant qu'il faut pour fermer derrière moi la porte de l'appartement, traverser Paris dans le froid et me précipiter au-devant de lui, assumer définitivement que oui, tout ce sexe fait partie de ce lien, réussir à en être flattée, car son désir perdure voire augmente à mesure que le temps passe, ne rien y lire d'autre qu'un attachement réel à ma personne entière, le corps et le reste, accepter l'hôtel, pas toujours un quatre étoiles comme on en rêve.

J'entends les rires des enfants dans la cuisine, la voix enjouée de la baby-sitter, et j'ai soudain une immense envie de rester ici, de me lover dans un pyjama bien chaud et de prendre mes fillettes dans mon lit, une à droite, une à gauche, pour regarder encore et encore les épisodes de *Desperate Housewives* saison 1 sur mon ordinateur, la petite avec le pouce bien enfoncé dans la bouche, la grande au regard noir et passionné dardé sur l'écran.

La porte claque et c'est lui qui entre, leur père, elles poussent un grand cri et se précipitent dans ses bras, je les entends. J'ai annoncé une soirée client. Allez il faut y aller, tout est bien. Je referme doucement le tiroir de lingerie, enfile en hâte bas, culotte, robe, soutien-gorge, m'asperge d'un parfum compliqué et disparais en courant presque, dispensant un baiser furtif du bout des lèvres à mon petit monde, maman t'es trop belle.

Dehors le froid me saisit, je m'enfonce dans le métro et je m'y sens une intruse, une cible, légèrement déplacée dans cette tenue trop habillée, je ne regarde personne et il vaut mieux.

Je descends à Opéra, rejoins *La Fontaine Gailland* et entre dans le restaurant de Gérard Depardieu, qui est là dans un coin avec des amis, ils me regardent prendre place à une table, je suis la première. Leurs têtes se tournent, je porte des bas résille et des talons, une robe assez courte et décolletée, pourtant il ne faut jamais faire les deux en même temps, c'est vulgaire et les hommes ne savent plus où regarder. Dans la glace au-dessus de la banquette mon visage est celui d'une petite fille perdue. Je commande un Perrier rondelle pour l'attendre. Il n'arrive pas, et de la table de Depardieu qui s'est éclipsé en cuisine me parviennent les regards mi-inquiets mi-narquois de ces hommes mûrs, une bienveillance mêlée de pitié et d'une légère moquerie... Je me sens humiliée. Suivent de longues minutes de solitude, Roch a plus d'une demi-heure de retard, je reçois un texto. Et puis le voilà, dans un grand mouvement de manteau. Les convives de Depardieu le dévisagent et un sourire entendu passe sur leurs lèvres. Il se retourne vers eux et c'est un chassé-croisé de regards de mâles comme on en observe sans doute chez les grands fauves, trop de testostérone dans l'air, une vibration passe de leur table à la nôtre puis tout rentre dans l'ordre. Des commentaires ? Non, pas de commentaires. Il s'assied passablement énervé, prend tout de suite ma main dans la sienne, et soupire. Je regarde ailleurs, je hurlerais bien. Comment fait-il pour me ramener à lui ? Je sens sa caresse sur ma main, et puis il la presse entre les siennes, et la garde là, au-dessus des verres, dans une position incommode pour moi, et son geste dit « je t'en supplie, regarde-moi, on ne peut pas tenir longtemps comme ça ». Ses jambes enserrent les miennes sous la table et il ne veut qu'une chose : la reprise de notre conversation. Je la laisse revenir, occuper peu à peu l'espace et le temps entre nous. Il a lâché ma main, je ne dis rien du doute qui m'a saisi tout à l'heure à la maison, de mon regret de n'être pas l'épouse que mérite mon mari, de l'inertie qu'il m'a fallu vaincre pour venir jusqu'à lui, de cette fatigue. Il réussit à m'égayer, il y met le cœur et l'énergie qui me manquent. À la fin du repas, nous sommes déjà debout, il m'aide à enfiler mon manteau, et il me dit, prudent et légèrement penaud : « Au fait, j'ai annulé la chambre pour ce soir, je prends l'avion pour Francfort demain matin à l'aube. » J'ai un mouvement de surprise, de contrariété même. Il le sent, se ravise : « Mais si tu veux on y va quand même. » Je le regarde, attrape des deux mains son écharpe, pose un baiser sur sa bouche : « Non, je suis fatiguée moi aussi. » Je monte dans un taxi et le soulagement me gagne. Je rentre plus tôt que prévu, mais l'appartement est silencieux, tout le monde dort. Je me déshabille dans la salle de bains et viens me coucher à côté de Paul dans l'obscurité, j'ai envie de l'enlacer et me retiens. J'ai oublié de mettre le réveil à l'heure pour demain matin, j'allume brièvement la lampe de chevet. C'est alors que j'aperçois, accroché à la clé du premier tiroir de la commode, celui de la lingerie, un porte-jarretelles de dentelle noire, en suspension dans la nuit paisible.

L'attente est un abandon progressif.

À mesure que j'attends l'un j'abandonne l'autre. Cela vient lentement mais sûrement, avec les petites absences – tu penses à quoi ? à rien – avec les désertions – j'ai oublié une course, je reviens. L'inattention grandit. Je lui prête attention pour vérifier l'effet sur lui de mes mensonges. Je lui prête attention quand il s'approche de moi pour me toucher, alors j'essaie de reconnaître l'homme d'avant, celui qui n'était pas trompé. Se comporte-t-il exactement comme avant ? Curieusement dans l'attente les habitudes, y compris sexuelles, ne changent qu'insensiblement. Il n'y a pas de raison de changer tant qu'on attend.

Pourtant une sorte de violence contenue, une force abrupte s'est emparée de ses gestes avec moi, le tend intérieurement. Parfois j'ai l'impression qu'il faudrait peu de chose pour qu'il explose. L'attente me fait passer outre, elle me pose des œillères dont je suis à peu près consciente.

Curieusement l'attente altère peu la vie quotidienne. On voyage, on part en week-end, on reçoit des amis. Cette continuité familiale, sociale, c'est précisément ce qui rend l'attente supportable. S'il fallait tout abandonner on attendrait moins longtemps, on se lasserait. Mais l'attente est partageuse, pas chiche, oh on peut bien vaguement faire autre chose pendant qu'on attend, cela ne saurait être gênant. D'ailleurs on fait tout facilement, avec une légèreté trompeuse. Ce qui peut sembler parfois lourd, fastidieux, dans la gestion et l'organisation de la vie, de l'école, des vacances, s'exécute alors avec facilité, sans pesanteur. L'attente apparaît comme une finalité supérieure, on ne va tout de même pas bloquer sur le reste, puisque à côté on a un projet titanesque. Preuve d'ailleurs, utile pour toutes les femmes, qu'un peu moins d'implication ne compromet pas la réalisation des tâches, mais en allège le stress, et qu'on ferait bien de prendre ainsi la vie de tous les jours. De la prendre un peu comme si on avait autre chose à faire.

Pourtant l'attente signe un éloignement. L'éloignement du plus proche. Elle n'est pas compatible avec les trésors d'attention, de délicatesse, qu'il faut déployer chaque jour pour faire durer un couple. L'attente anesthésie la sensibilité à ce qui n'est pas elle. Il faudrait remarquer le moindre signe, être capable de s'attacher aux variations d'humeur de l'autre, à un infime changement de ton. De cela on n'est plus capable qu'avec celui qu'on attend.

Dans l'attente on oublie aussi que tout nous trahit, cette légèreté justement, cette gaieté, cette aptitude soudaine à tout accepter, à penser que tout est possible. Partir en Dordogne pour deux jours avec deux fillettes de moins de 10 ans dans un château fort non chauffé à la Toussaint en faisant un détour par Limoges chez des amis ? Oui.

Et surtout il y a cet accroissement de l'espace personnel, le besoin régulier d'isolement, avec le portable, cette habitude de toujours prendre son sac et le petit appareil avec soi, pour aller en randonnée, sur la plage, aux toilettes. Cela saute aux yeux de qui veut voir. Il a vu.

J + 2920

Je suis dans le train pour Lyon. Un prétexte de travail m'y amène. C'est la première fois que je vais voir Roch dans cette ville pour laquelle j'ai un faible. Depuis que Roch vit à Lyon, nous nous voyons à Paris où le conduit fréquemment son métier. Il a abandonné les hôtels de Montparnasse que j'aimais assez pour des adresses du côté de l'Opéra, ou même le Mercure de la gare de Lyon sous l'horloge. Mon escapade de la soirée me semble une aubaine. Je sais que nous serons plus tranquilles à Lyon qu'à Paris et qu'il m'emmènera dans son appartement déserté par sa femme. Car il s'est passé quelque chose dans sa vie. Sa femme est partie. Quatre mots qui ont l'air sans appel et qui masquent une autre vérité. Lasse de suivre Roch dans ses différents caps professionnels sans jamais « se réaliser elle-même », elle est repartie à Angers ouvrir boutique. Il y va aussi souvent que possible, le week-end, elle est en pleine préparation et il l'aide beaucoup. Pour une fois qu'elle a un projet bien à elle, il ne faillit pas à son devoir. Subsides, conseils, montage juridique, j'apprends qu'il pourvoit à tout, plus exactement qu'il n'y a rien qu'elle ne puisse lui demander, considérant qu'après avoir tant contribué à sa carrière, elle peut bien s'en autoriser une. Ma fibre féministe n'y trouve évidemment rien à redire.

La position de l'épouse se résume à ces trois mots : à mon tour. Elle lui signifie par là qu'elle n'a pas envie d'être en reste, et qu'à près de cinquante ans, son heure est venue de faire ce qui lui plaît. Je songe pourtant que, diplômée comme lui, elle a peu travaillé jusqu'à présent, par choix, que c'est elle qui a voulu arrêter pour élever mieux et plus confortablement leurs enfants, que c'est elle aussi qui lui a demandé, plus tard, de lui trouver une place à mi-temps dans l'entreprise d'un ami, à un poste où le temps partiel est rare. Cette obéissance scrupuleuse aux moindres désirs de sa femme, je la connais depuis le début. Il la tait désormais, sachant par trop qu'elle m'afflige. La conscience de sa dette vis-à-vis d'elle grandit au fil du temps, renforcée par la culpabilité de notre liaison. Cette dette va se nicher à l'endroit sensible, l'endroit des enfants. Tout ce temps, toute cette patience, elle a donné sans compter pour leur progéniture. Je pense : « Ai-je été moins généreuse, de mon côté, en travaillant ? » Je n'en ai pas l'impression. D'où vient que les femmes qui travaillent, pourtant lestées de la double charge, sont moins gratifiées par leur environnement immédiat de l'éducation des enfants, alors qu'on voue une reconnaissance infinie à celles qui choisissent de s'y dédier ? Pourquoi ne pas dresser aussi des stèles à celles qui se jettent éperdument dans l'aventure épuisante et folle d'un travail et d'une famille ? Trahissent-elles encore leur vocation première ? Je songe que la société n'est pas prête, *a fortiori* ce Roch, avec sa dette conjugale en bandoulière, et sa culpabilité que je devine immense. Dans le train me saisit un pessimisme abyssal que je ne connaissais pas. Il vient à l'heure où certains de mes amis me disent que si sa femme est partie vivre ailleurs, ils ne donnent pas cher de leur couple. En mon tréfonds, je sais que les apparences sont trompeuses et qu'affecté par ce départ qu'il n'a pas su éviter il ne veut pas le considérer comme fatal. J'ai la certitude que sa culpabilité devient insondable et qu'elle se nourrit chaque jour du constat de la dépendance de sa femme vis-à-vis de lui : totale, affective, financière. J'arrive à Lyon sombre mais il m'attend sur le quai, le sourire aux lèvres, tu m'as manqué, l'éternelle phrase de l'attente. À Perrache la chaleur est écrasante, nous nous engouffrons dans son automobile et il m'emmène boire un verre *Cour Saint Jean*, dans le patio d'un hôtel rose que je reconnais, au cœur d'un de ces passages du vieux Lyon, au-delà de la Saône. Puis nous allons dîner au dernier étage de l'opéra restauré. En contrebas la place, avec ses jets d'eau au ras des pavés, s'anime de la vie nocturne estivale ; un groupe joue une chanson de Joan Baez, c'est l'air de Sacco et Vanzetti. À table, le Condrieu nous monte un peu à la tête. Mon pessimisme a fait long feu, nous sommes tout à la joie de nous retrouver et comme il fait soif, une ivresse joyeuse s'empare de nous. Je porte un chemisier blanc décolleté avec un dos nu. Gris lui aussi, notre voisin de table attrape le bras de Roch et lui dit, de sorte que j'entende : « Vous avez de la chance d'être si bien accompagné. » Il répond : « Je sais », prend ma main et pose sur elle un baiser, puis baisse les yeux. Je retombe alors un peu sur terre, le fais parler d'Angers malgré moi. Sa femme travaille énormément en vue de l'ouverture. Il me dit qu'ils ont en tête quelque chose d'ambitieux, qu'il a emprunté pour acheter murs et fond, que leurs associés ont déjà une clientèle locale et qu'ils y croient. Il dit « nous » et l'inquiétude m'assaille à nouveau. Je lui dis : « Et nous ? » Après un long silence, il répond : « Je ne pourrai pas, là. Ce n'est pas le moment. J'ai ma fille avec moi, à la maison, elle va passer son bac. » Il répète : « Ce n'est pas le moment. » Il ne dit rien de plus, n'induit rien, surtout pas que si ce n'est pas le moment maintenant, alors qu'elle vient de partir, vivre loin de lui, cela ne le sera jamais. Il prend ma main et la serre très fort. À la sortie il m'entraîne sur la terrasse. Lyon est somptueuse dans ses lumières. Des places monte un vacarme cristallin. J'entends des mots d'amour à mon oreille, il sait donc les dire, aujourd'hui encore. Nous rentrons à pied rue de Jarente, et je découvre son appartement. Il occupe l'étage noble d'un hôtel particulier ancien, avec une belle cour faite pour les voitures à cheval. Nous montons un escalier de granit gris qui diffuse cette odeur humide et métallique des vieux immeubles lyonnais. La porte s'ouvre sur de beaux volumes sous cinq mètres de plafond. Ils ont tout repeint en gris, en taupe, dans cette nouvelle palette à la mode. Mais l'appartement ressemble ainsi à une série de caissons obscurs et refermés comme les belles boîtes de chez Marie Papier. Ses lampes préférées d'Ingo Maurer peinent à donner à l'ensemble un peu de gaieté. Je passe d'une pièce à l'autre, pensant vaguement à ces grands appartements florentins aux ocres patinées. Sa chambre est la pièce la plus petite et la plus foncée. Dans cette boîte chocolat nous nous allongeons, le feu de nos sens frustrés nous emporte à nouveau dans la danse des corps. Au fil du temps cette entente se révèle inaltérable, elle pèse lourd dans notre lien. Le bonheur de la sentir. Je l'appelle notre refuge des corps. Il l'est autant des âmes. Il me demande comment je trouve l'appartement. Je lui réponds en souriant :

« Beau mais triste.

— Mais beau, non ?

— Oui, beau. »

Il a toujours besoin de cette approbation. Posée sur la table de chevet, la lampe à plumes éclaire faiblement son visage sur lequel nul souci n'est décelable. L'homme allongé à côté de moi a maintenant 50 ans. Il en avait bien moins quand je l'ai connu. Aucune ride n'est venue flétrir ses traits. Seuls quelques cheveux blancs troublent la noirceur de sa tignasse. Quel rôle ai-je joué pendant tout ce temps ? Lui ai-je servi à passer sa crise de la quarantaine ? À accompagner harmonieusement sa libido gourmande vers un certain accomplissement sexuel sans remettre en cause ses constructions personnelles ? Voilà deux ans qu'il me parle d'une baisse de sa libido. Je lui ai rétorqué, surprise, que je n'avais en rien ressenti une moindre vigueur dans nos étreintes. Je le soupçonne de ne plus avoir de relations sexuelles aussi simples et fréquentes avec sa femme, même si au fond je n'en sais rien. Il affiche toujours un mutisme sur la question, en dehors de cette déclaration douteuse sur sa baisse de vitalité. « Il se confirme que les hommes ne peuvent émettre que des contrevérités quand il en va de leur virilité » lui dis-je. « Quelle contrevérité ? » me répond-il. Il sombre doucement dans le sommeil. La petite chambre marron m'étreint comme un cercueil. Les ailes d'ange de l'ampoule d'Ingo Maurer dansent devant mes yeux.

À cet instant, alors qu'à sept cents kilomètres de là sa femme dort tranquillement, toute à ses rêves de boutique, il me vient à l'esprit que sa stratégie est sans faille. Ignorer, et continuer. Ne rien voir, et provoquer cette solitude volontaire qui les lie encore davantage dans un dessein commun. Me vient, pour la deuxième fois, l'idée de rompre.

Le lendemain matin, un taxi m'attend au coin de la rue de Jarente. Je quitte l'appartement sans regret, quelque chose me chasse, je trouve le lieu de mauvais augure.

J + 2935

L'appartement-boîte brûle entièrement. En vingt minutes, le feu consume leurs vêtements, leurs photos, leurs souvenirs de voyage, en un mot leurs affaires, soudant définitivement leurs liens malmenés par un pauvre amour sans projet, un pauvre amour nomade et sans domicile.

Un concurrent jaloux écrit le jour même dans une feuille de chou locale que Lyon ne voulait pas d'un étranger au pinacle de l'industrie régionale. Je pense que le destin ne voulait pas de moi dans la boîte.

Il vient dans l'attente une langueur, un étirement du temps, cette paresse des dimanches matin quand le moelleux de la couette vous retient longtemps dans sa chaleur cotonneuse. Tout plutôt que d'en sortir, d'affronter la froideur du dehors.

L'attente est un sein maternel auprès duquel il fait bon se blottir.

Elle m'a prise comme une mère prend un enfant dans son giron. Elle ne me chasse pas, trop contente de son emprise, fière de son ascendant sur la petite créature qui se réfugie dans ses jupes. Ses jupes sont amples et généreuses, pleines de plis dans lesquels on peut se cacher.

Dans l'attente on est d'abord dans le noir, puis on s'habitue peu à peu à l'obscurité et on fuit la lumière, trop éclatante, trop blessante. Ne pas voir, préférer à la clarté de la réalité les contours flous des rêves, des illusions. L'attente c'est la vie d'un myope sans lunettes, cette absence de netteté, ce joli regard un peu perdu sur les choses, ce décalage permanent avec le réel.

L'inexactitude. Dans l'attente l'inexactitude est reine. La distorsion devient règle. Non, il n'est pas en train de s'associer avec sa femme dans une société commerciale, il lui permet de se réaliser et de gagner en autonomie pour le jour où… Non il ne rachète pas la maison d'Angers pour vivre encore plus au cœur de sa tribu familiale, il lui prépare un lieu pour elle, où elle pourra se réfugier auprès des siens le jour où… L'attente est une entreprise de falsification. Elle propose les interprétations les plus erronées des réalités les plus objectives.

L'attente est le règne du « vu comme ça ».

L'attente est confortable. S'y nichent les petites bassesses, les petites lâchetés des aventures illégitimes, ce qu'on ne dit pas, parce que ce n'est pas la peine. Elle encourage l'inertie, supporte la paralysie, la répétition du même, jour après jour. Elle est insulte au mouvement, au changement, mais aussi à tout ce qui nous précipite vers la fin, la mort. L'attente est la vie, ma vie. Ma vie qui ne peut pas être autrement.

J + 3248

Nous travaillons ensemble à nouveau, client et fournisseur l'un de l'autre, comme par le passé. Par ma faute. Je n'avais qu'à me taire, ne rien dire de l'existence, à Lyon, d'un homme providentiel pour cette entreprise cliente de la mienne depuis des années. Roch a fait le reste seul, sortant vainqueur d'une série d'entretiens difficiles. Je crois que j'ai commis une erreur. J'avais réussi à cantonner ma duplicité à ma sphère privée, voilà que je la retrouve, comme une vieille connaissance inopportune, dans mon univers de travail jusqu'à présent à l'abri de tout mensonge, de toute fausseté. Ainsi mon lieu de sincérité absolue – je considère comme un acquis de haute lutte le fait de pouvoir être moi-même, sans fards, sans politique, au travail, après tout ce n'est pas aussi simple, cela se construit au fil du temps, et il y faut de la légitimité – est-il désormais entaché d'une malhonnêteté : ma relation adultère avec un client. Mon trouble est profond, même si nous retrouvons au travail de vieux réflexes efficaces, une complicité dans les actes et les paroles, une sorte de complémentarité « opérationnelle », dit-on dans les manuels de management, qui sert les intérêts de nos entreprises.

Mais nous perdons. On perd toujours lorsqu'il est question de voir l'être aimé chaque jour plutôt que chaque mois, phrase qui mériterait de figurer dans les dix premiers rangs des aphorismes de sagesse populaire, de ceux qu'on pyrogravait autrefois sur de petites planches de bois vernis. À chaque réunion commune, sa présence à mes côtés le banalise un peu plus.

J'ai pourtant développé au plus haut point, au long de ces presque dix ans, une capacité extraordinaire à créer de l'exception, de la surprise. Je vois bien qu'elle est aussi à l'œuvre dans la nouvelle donne de travail. Il me suffit d'un tiers nouveau et inconnu de lui, un ou une collègue de son entreprise ou de la mienne, avec qui j'ai tissé un lien de travail particulier, pour humoriser à bon compte, briller en quelque sorte, ou plutôt, faire mon numéro. Car j'ai sur lui, et auprès de l'entreprise cliente, exigeante et un brin arrogante, des années d'avance. Mais c'est cela qui m'ennuie, justement, ce rôle d'initiatrice que la nouvelle situation me fait endosser, je le devance et l'aide partout. Non seulement je n'en tire aucune gloire, mais cela me contrarie. J'aimais son aura de patron, son envergure d'avant. J'aimais qu'il n'ait pas eu besoin de moi.

C'est bien ce mot, besoin, qui décrit le mieux notre nouvelle relation professionnelle. Un besoin à sens unique, de lui à moi, qu'on peut légitimement espérer temporaire, Roch n'ayant dans l'entreprise cliente qu'une histoire de quelques semaines. Si cette dépendance me gêne, c'est qu'elle fait naître en moi un sentiment irrépressible d'exploitation. Utilisée, oui. Cela se révèle vraiment nouveau pour moi. Auparavant notre relation n'avait aucune utilité, même si elle était née sous les auspices d'une rencontre professionnelle, mais je n'avais jamais ressenti comme aujourd'hui la possibilité d'exploitation de ma propre personne à des fins d'intérêt personnel.

Les réunions houleuses et complexes de la matinée, où il débarque naïvement, se mélangeant à des collègues nouveaux pour lui mais avec qui je cultive une forme de connivence voire d'amitié réelle depuis des années, m'ont jetée dans le trouble, m'obligeant à de plus grandes dissimulations :

« Tu as l'air de bien le connaître, notre nouveau patron ?

— Oui, j'ai longtemps travaillé avec lui autrefois.

— Il est bizarre non ?

— Non pas du tout, tu vas voir, il est fort… »

Roch est plus charmant, plus attentionné que jamais. J'y vois une preuve de plus qu'il a besoin de moi. Sa femme installée en terre ligérienne, il habite pour quelque temps un appartement dans une résidence hôtelière à Montmartre. Ses fenêtres ouvrent sur une cour pleine de verdure, entourée d'immeubles à deux étages aux toits d'ardoise. C'est la deuxième fois que nous nous y retrouvons, entre midi et deux. Le soir ce n'est pas possible, sa fille habite avec lui, elle va commencer des études à Paris. Je lui en veux de n'avoir pas songé à profiter de ces quelques semaines de battement entre son domicile lyonnais et le prochain appartement parisien pour avoir le champ totalement libre, trouver un studio à sa fille et nous autoriser un semblant de liberté dans le faux deux pièces aux doubles rideaux bleus et jaunes. Mais voilà qu'il me dit : « Ma fille va de toute façon habiter avec moi pour l'instant. » Il n'y aura donc pas de champ libre, pas d'horizon dégagé, pas de facilité. Il reprend : « Elle n'a pas 18 ans. » C'est vrai. Comment pourrais-je lui reprocher quoi que ce soit ? Il joue son rôle de père, assumant le départ de sa femme vers ses ambitions personnelles, et mettant un point d'honneur à être là où elle l'attend, elle, la mère, à être le père à plein temps, c'est vrai, c'est son tour. Que viens-je faire dans ce jeu à trois bandes ?

Mon rôle se clarifie dans sa vie, et s'enrichit d'une nouvelle corde : je l'aide, professionnellement, et je le divertis, personnellement. À l'instant, je suis assise en tailleur, comme une poupée de collection posée sur le couvre-lit bleu et jaune en coton matelassé de l'appart hôtel, mon jupon blanc étalé en couronne autour de moi. Je joue de ce nouveau petit pouvoir sur lui, professionnel, intellectuel, avec un brin de mystère : « Aah, tu veux savoir comment s'y prendre avec untel… dînons, je t'expliquerai. »

Un nouveau jeu dont je sais que je serai bientôt lasse. Trois mois tout au plus, et je ne me satisferai plus de lui distiller, au compte-gouttes, les ficelles de son nouvel environnement de travail, de le déniaiser, de l'affranchir, de le prévenir contre les usurpateurs, les supercheries, de lui faire découvrir les valeurs sûres de cette entreprise, ses bonnes surprises. Je me dis que si quelqu'un avait fait cela à mon arrivée j'aurais gagné des mois. Mais je sais aussi que pendant un temps, cela bannira de nos conversations les vraies questions, les plus intimes, qu'il ne s'intéressera qu'à tout ce qui le fait avancer.

Tandis que mes questions de fond ont si peu changé depuis le début de notre relation : « Quand donnes-tu à notre relation la place qu'elle mérite ? », « Quand entérines-tu que tu ne vis plus avec ta femme ? » Tandis qu'elles restent durablement sans réponse.

Après qu'il a fait basculer la poupée de collection sur le divan et écarté le jupon, je me détache de lui et vais à la fenêtre que j'ouvre en grand sur la petite cour. Seins nus au balcon, l'air est doux, il y flotte cette petite joie de Montmartre, cette envie d'accordéon, de treille et de zinc, cette insouciance parisienne qui va bien à mon humeur du moment, on verra demain. Dehors, une technicienne de surface en blouse à fines rayures bleues et blanches vide un seau sur une grille d'égout, je la connais, elle s'est éclipsée de l'appartement la semaine dernière alors que nous y entrions, elle lève la tête et me salue. Je sympathise toujours avec toutes les techniciennes de surface du monde, elles ne s'y trompent pas, elles doivent me reconnaître au premier coup d'œil comme l'héritière d'une longue et valeureuse lignée. J'ai beau dormir parfois dans des hôtels quatre étoiles, je me retrouve toujours en fin de matinée avec la dame de service dans la salle de bains à discuter des mérites des produits professionnels par rapport à ceux qu'on trouve dans le commerce pour les particuliers. Et ce pratiquement dans toutes les langues. C'est immédiat, évident pour moi cette connivence, d'ailleurs Roch l'a déjà constatée. Elle fume sa petite clope pendant sa pause et nous entamons une discussion de la cour à la fenêtre du premier : l'âge des rideaux et des dessus-de-lit, les gens, le temps qu'ils restent ici, le peu de soin qu'ils prennent de ces appartements précaires. « Après il ne faut pas s'étonner qu'il n'y ait que des trucs basiques là-dedans. Si vous saviez comme les gens sont sales quand les affaires ne sont pas à eux, on voit n'importe quoi… »

Oubliée ma semi-nudité, et Roch passe derrière moi en peignoir, il pose une serviette pudique sur mes épaules et mon buste. Je le regarde, il a l'air agacé.

« Quoi ? Qu'est-ce qu'il y a ? »

Il me tire légèrement vers l'arrière, hors du champ :

« C'est gênant pour moi, viens…

— Ah oui ? gênant ? Parce qu'elle fait le ménage dans ton appart hôtel tous les jours et qu'elle voit ta fille et qu'on n'est pas un couple légitime ? C'est ça qui est gênant ? Ça ne te gênait pas tant que ça tout à l'heure quand il s'agissait de me prendre sur l'édredon, ah ça non hein… Mais là c'est gênant. Ben si je te gêne désormais, surtout dis-le. »

En un clin d'œil, j'endosse la gouaille d'une authentique mégère et lui sors la grande scène de la maîtresse indignée. Lui qui déteste la vulgarité s'enfuit dans la salle de bains. Mais tout est si exigu que mes mots lui parviennent jusque sous la douche où il se « récure pour se débarrasser de nos saletés », « ça aussi ça te gêne sans doute », et il n'a pas éteint le robinet que j'ai déjà rajusté mon haut, mes sandales et mon jupon, et que je file dans le métro, rouge de fureur.

J + 3295

Mon mari est parti ce matin.

Hier soir il a déclaré : « Je vais te quitter. »

Il a attendu que je rentre. Nos filles sont en week-end prolongé chez ma mère.

Quand je suis arrivée dans le salon, il était affalé sur le canapé, devant la télévision allumée, ses pieds en chaussettes posés sur la table en verre. Il ne s'est pas redressé, il l'a dit ainsi, dans cette position, sans me regarder, en fixant la télévision, je vais te quitter. Malgré ma trahison je n'ai pas supporté le choix de cette posture, le flux d'images et de sons ininterrompus sur l'écran. Il sait être seigneur. Alors après vingt-deux ans de vie commune, c'était une insulte, forcément. Je me suis ressaisie, je lui ai demandé d'éteindre la télévision, de se tenir correctement, d'enlever ses pieds de la table, et de me le dire à nouveau. Il l'a fait :

« Je vais te quitter. »

Dans le silence revenu, je n'ai rien su dire. Je me suis mise à pleurer, puis je lui ai demandé s'il avait une histoire avec quelqu'un d'autre. Il a dit oui. Sérieuse ? Oui.

Je pense tout de suite que c'est un homme, et ne dis rien.

Et ce matin il a repris, continuant la maigre conversation de la veille : « Quand bien même cette histoire serait terminée, je ne veux plus vivre avec toi. » Dont acte. Il n'a donc plus d'histoire mais il en a eu une, il s'est fabriqué une vraie raison pour me quitter. L'autre, le fait que je le trompe depuis longtemps, cela n'en est pas une, cela ne peut pas être la raison officielle, cela est inavouable. Il me dénie cette responsabilité. Je lui en veux de cette malhonnêteté, et à la fois ce matin elle me soulage un peu. Je pense : « Si c'est l'histoire qu'il veut raconter… »

J'ai pleuré une partie de la nuit. Il a dormi sur le canapé.

Je sais que c'est irréparable.

J'avais imaginé la scène, depuis longtemps. Je l'avais répétée en quelque sorte. Ma douleur est bien plus importante que prévu. Elle est incommensurablement plus grande que ce que j'imaginais. Plus grande que l'injure de ses pieds surélevés dans les chaussettes usagées. Plus assourdissante que la télévision allumée. Parce qu'elle contient la douleur de mes enfants. Celle qu'il faudra affronter dans quelques jours.

Je passe quelques coups de téléphone : ma sœur, ma mère, mes deux meilleures amies, ma patronne.

Roch ? On verra après.

J + 3300

Je le leur ai dit. Seule. Il n'est pas venu le leur dire. Je suis allée en Vendée chez ma mère et j'ai parlé.

J'ai causé à mes filles le plus grand chagrin de leur vie.

Je ne sais pas raconter leur cri.

Je ne crois pas qu'on ait le droit de faire cela à des enfants.

On a dû se tromper.

Pourquoi banalise-t-on le divorce ? Pourquoi dit-on qu'on peut le faire bien, intelligemment, qu'il vaut mieux cela qu'une union bancale ou vouée à l'échec ? C'est faux. C'est la plus grande bévue de la société de ce début de millénaire. J'ai l'impression d'un leurre, d'une gigantesque duperie, j'ai l'impression que l'époque a commis là le récit social le plus aberrant de l'histoire de l'humanité. Les parents devraient souper de leur échec jusqu'à l'écœurement plutôt que d'infliger cela à leurs enfants. On fabrique une génération de petits blessés graves, d'handicapés à vie, d'amputés du bonheur familial. 30 % de blessés graves. 50 % à Paris. On ne dit pas la vérité. La vérité c'est le désarroi d'une adolescente, un gouffre d'angoisse insondable. La vérité c'est le cri déchirant d'une petite fille de 10 ans qu'on assassine.

La seule grâce que je rends à l'attente c'est d'avoir retardé cette échéance. M'apparaît au grand jour une des raisons pour lesquelles, dans cette attente, il ne m'a jamais été possible de brusquer l'histoire, de forcer le basculement du destin. Le sinistre pressentiment tapi au fond de ma conscience était fondé.

Alors qu'on va vivre quatre-vingt-dix ans, dont soixante en couple, on refuserait aux enfants qu'on engendre ces dix à quinze années de continuité, de patience, censées les mener à l'adolescence.

Personne ne partage cela sans doute. Personne ne songe à rendre obligatoire le fait de conduire ensemble à l'âge adulte les enfants qu'on a conçus ensemble, sauf cas de force majeure, de violence. C'est singulièrement rétrograde. Je crois que je ne penserai plus jamais autrement.

Je reste muette parce qu'il m'est impossible de lui expliquer cela, parce que je lui en ai déjà trop demandé.

C'est comme si je sortais d'un coma profond.

J + 3302

Je vomis chaque jour désormais, je sais que je pourrais vomir jusqu'à la fin de ma vie.

J + 3303

Asymétrie. C'est le mot que je dis à Roch presque tout de suite, quand il repose la carte des vins sur la table.

Voilà une petite semaine qu'il sait que mon mari est parti. Nos relations se sont distendues ces derniers temps, depuis la dispute Pierre & Vacances, sauf sur le registre professionnel. Je le lui ai dit au café le lendemain du départ de Paul : « Il est parti. » Après l'incrédulité, il ne lui est pas venu un élan, pas un geste de réconfort. Des mots oui, il m'a entourée de mots. Des mots de culpabilité : « Je suis désolé, je commence à entrevoir ma responsabilité, ça me laisse sans voix, je suis désolé… » Tout cela dit avec sincérité et une certaine émotion. Mais voici qu'il dissocie le geste et la parole. Voici qu'il n'est pas capable de ce grand baiser protecteur que j'attendais, de me dire tout cela en me serrant très fort dans ses bras, pour ces presque dix ans. Voici que je ne me suis pas précipitée vers lui car la prudence m'a déjà enseigné que peut-être ses bras resteraient ballants le long de son corps. La nouvelle le paralyse.

Je meurs lorsque je pense à l'absence de ses bras. Alors je n'y pense pas. J'attends.

Puisqu'il se réfugie dans les mots, j'en trouve un nouveau : asymétrie. Oui, pour la première fois, notre histoire devient asymétrique. Le parallélisme de nos deux trajectoires rompu, ne subsiste plus que ce déséquilibre : à la continuité de sa ligne de vie s'oppose désormais une ligne brisée, la mienne. Je sens combien notre histoire est affaire de géométrie, d'organisation de l'espace. Chacune de nos deux vies depuis ces dix ans comme une partition au sens mathématique, sans intersection entre l'espace conjugal et extraconjugal. De mon côté, l'organisation n'était pas sans faille : frontières de plus en plus poreuses entre les deux espaces, libérant de loin en loin des particules d'étrangeté.

Je vais être libre et lui pas.

Il exprime confusément que sa responsabilité est, dans cette rupture, à l'égal de la mienne. Il a tort, la mienne est bien plus grande, mais je me garde de le lui dire. Le mot asymétrique sonne comme une injustice et je sais que c'est ainsi qu'il l'interprète. Oui, lui aussi devrait être dans cette même merde. Il aurait suffi d'un acte manqué, qu'il n'a jamais commis. Il s'en sort plus que bien. Il est en train de s'en pénétrer. Ses bras sont toujours ballants, mais au fil des jours, je le devine à son regard, je l'entends à ses questions, entre en lui une nouvelle culpabilité. Culpabilité, sa faille, dont je sais qu'elle est nécessaire pour que ses bras se referment à nouveau sur moi. Il suffit que sa culpabilité change d'objet, opère une déviation de sa femme à moi. Mais il est trop tôt encore.

Je ne dis rien, tout juste fais-je allusion à de vieilles idées de bravoure, de chevalerie, valeurs périmées.

Suis-je choquée par ce manque manifeste de cœur ? Je savais déjà, je crois, pour cette histoire de bras. Cela ne m'ôte pas la sidération qui m'a saisie lorsque son inertie s'est imposée à moi, cette incroyable absence de réaction physique, ce vide que j'ai trouvé au lieu de je ne sais quel plein que j'attendais.

Pendant le dîner il me pose des questions sur mon mari, ce qu'il va faire, où il va habiter… Je sens qu'il explore toutes ces dimensions d'un départ dont il n'aura jamais le courage. D'autres passent donc à l'acte. Lorsque le repas se termine, il me dit enfin la vérité, elle est nue et lui honteux : « Je ne partirai pas Marie. » J'avais compris. Le taxi me dépose chez moi et Roch ne me touche pas. La nuit de ma chambre s'emplit de mon cri interminable.

J + 3305

Je me réveille sous tension. Je ne dors presque plus et j'ai des nausées plusieurs fois par jour. Je vais au bureau comme une somnambule.

J + 3308

Dimanche. Je viens de rentrer du gala de danse de Rose. Son enfance, maquillée de paillettes et de fards irisés, étincelait sur le trottoir des Batignolles à la rue de Clichy. Elle marchait fièrement, longues jambes dans les collants chair de danseuse, avec cette indécence joyeuse des fillettes qui vont à leur gala de danse, et qu'on croise dans toutes les villes de France les samedis et les dimanches de juin. J'ai été aussi cette fillette, excitée du passage sur scène, de l'inconfort des coulisses, les joues rougies par la touffeur de la salle de spectacle.

J'ai souri pour lui faire plaisir. Emmurée de tristesse, mais je lui ai souri, là sur le trottoir, je lui ai dit : « Tu es magnifique » et elle a couru vers les coulisses, son lourd chignon perché haut sur sa tête. À la maison j'ai fait le chignon comme un robot, ramassant mécaniquement sa volumineuse crinière sur son crâne et la criblant d'épingles. Elle était contente du résultat. J'étais prête à éclater, mes forces s'étaient rassemblées dans cet ultime effort pour équilibrer le chignon. J'ai passé en vitesse la robe vert tendre en forme de parapluie, pour mieux m'envoler. J'ai regardé à la dérobée ce visage dans le miroir, rouge de confusion, d'énervement : le mien. J'avais les cheveux trop ébouriffés, les lèvres cramoisies, des petites gouttes de sueur sur le front. On ne pouvait plus reculer, il fallait aller à ce gala, Rose attendait dans l'entrée, maman qu'est-ce que tu fais ? Je meurs ma fille, je vais bientôt mourir, partons.

Et puis la danse, les fillettes dans leur allure déjà malhabile de préadolescentes, les unes encore bébés, les autres se débattant dans le grand chaos hormonal, leurs peaux, leurs corps, leurs visages malmenés par la métamorphose. Rose se tient au bord de la falaise, sa grâce enfantine ne l'a pas encore quittée. Pourvu qu'elle la garde. Si j'y arrive, si je le fais, je ne saurai pas, jamais. Est-ce que j'ai le droit de la laisser là, de les laisser là, mes filles, mes trésors, mes anges, au pied de la montagne qui va les mener à leur vie d'adulte ? Suis-je donc si égoïste ? Non, elles n'ont plus tellement besoin de moi. Tant de choses déjà établies en elles, déjà forgées. Il y a leur père, il est le meilleur des hommes et je n'ai pas su l'aimer. Il saura les emmener, lui. Moi je n'ai plus le courage. À quoi ça sert de rester ? J'ai tout voulu et tout perdu. Tout gâché. Je ne peux pas vivre sans amour. J'ai découragé mon homme et me suis méprise sur l'autre. Misé sur le mauvais cheval. Et je paye. Les années de duplicité m'ont pris mon énergie et dégoûtée de moi.

Qu'est-ce donc qu'une femme capable de mentir si longtemps à son entourage, à ceux qu'elle a de plus chers, pour le simple plaisir de s'envoyer en l'air ? Je me hais, et je me plains. Dans la salle moite, la nausée me vient, je bouscule tout le monde pour aller vomir aux toilettes. Lorsque je reviens, le spectacle est terminé, Rose me cherche. « Tu as très bien dansé ma chérie. » « La maman de Chloé me demande si Rose peut venir goûter chez elle », je dis oui, elle sautille de joie. Je la serre tellement fort sur le trottoir, elle ne comprend pas : « Maman ? » Je la regarde s'éloigner tenant Chloé par la main, elle se retourne une ou deux fois, soucieuse, mon étreinte l'a surprise, je lui renvoie un sourire, le plus rassurant possible. Je rentre embrumée à l'appartement. Ma grande fille passe l'après-midi avec son père. Il s'est retiré chez son frère le temps de trouver un pied-à-terre. J'ai le champ libre.

C'est un champ de bataille, je n'ai rien rangé depuis plusieurs jours, les affaires des filles traînent partout, le lave-vaisselle est plein et l'évier aussi. Je ne m'en étais pas rendu compte. Tout ce découragement. Je fais le tour de l'appartement, je vais dans toutes les pièces, les photos dans le couloir m'assaillent, toute cette petite vie de famille heureuse : un leurre. Une personne triche dans tout ça, c'est moi. La photo d'Étretat où je suis rayonnante parce que je viens de rencontrer Roch, les sanglots montent, je geins. Ce qui sort de moi, je le reconnais, c'est la même chose que les jours précédents : c'est la misère définitive, le malheur d'une âme qui voulait être belle et est devenue laide. Ma trahison est devant moi, dans ces sourires factieux, dans l'insouciance coupable, dans le refus de changer, dans ma défaite. L'abandon je l'ai mérité, il est irréfutable. Je ne veux pas passer ma vie à vomir chaque jour, dans le dégoût de moi. Et je ne pourrai pas vivre sans amour, vivre sans l'imbécile heureux que j'ai cru un héros, et qui ne m'a même pas prise dans ses bras quand j'en avais tellement besoin. Ma lucidité est à son maximum, mon intellect calcule et pense la vanité de l'existence, aspire au néant par un raisonnement sans faille, et je tourne alors dans la pièce puis dans la suivante, c'est une montée lente, un étourdissement, là-bas ce sont les fenêtres du salon, elles donnent sur le balcon. Je tourne comme dans une valse et les regarde, j'ai chaud et je tremble. Elles m'appellent, m'aspirent. Le pêne coulisse et je suis en l'air, les feuillages du boulevard dansent devant mes yeux. Cinq étages plus bas le trottoir est noir et lisse. Il faut enjamber la balustrade. Il y a un petit rebord ensuite, quelques centimètres. J'ai du mal parce que mes jambes sont trop courtes. La ferronnerie Haussmann vient à mon secours, dans les volutes ma ballerine trouve une prise, un palier, et de l'autre côté aussi, pour me rétablir. J'ai les deux pieds au bord, bien alignés, les bras tendus vers l'arrière, accrochés à la balustrade. Je dois regarder devant, sinon je ne le ferai pas, j'ai le vertige, je n'ai jamais pu regarder en bas de ce balcon. Je compte, je vais compter cent vingt secondes, comme dans l'avion après le décollage, parce qu'après la probabilité d'accident est réduite d'au moins 90 %.

Mon Kleenex est tombé de ma poche pendant l'enjambement. Il est là au bord du balcon, hésitant, un souffle de printemps l'emporte. Mon regard le suit, ne peut s'en empêcher. C'est comme si un fil me reliait encore à ce petit morceau de papier froissé. Combien de temps se passe-t-il avant qu'il ne touche le sol ? J'entends l'ascenseur stopper sur le palier, une clé tourner dans la serrure, en bas le mouchoir atterrit aux pieds d'une passante, elle lève la tête et j'entends son cri : « Arrêtez, madame, arrêtez, NOOOON… »

Je me suis déjà retournée vers la balustrade, je m'accroche et l'une de mes ballerines dérape légèrement, je me rattrape. Salomé passe devant l'entrée du salon, elle ne m'a pas vue, je m'apprête à enjamber à nouveau, dans l'autre sens, et elle est là soudain, paniquée, folle, elle avait aperçu quelque chose, elle est revenue sur ses pas et arrive au moment où je remonte sur la balustrade. Je lui ai fait ça en plus. Il faut qu'elle voie sa mère sur ce balcon, il faut donc que je fasse tant de mal à tout le monde. Elle m'attrape et me tire, une jambe passe par-dessus, puis l'autre, je m'effondre sur le canapé et elle est contre moi, elle sanglote plus fort que moi encore.

« Maman, maman, maman…

— Ma petite fille, ma petite fille… »

La police est là tout de suite à la porte de l'appartement car la dame n'a pas su quoi faire d'autre, les flics plutôt que les pompiers. Ils sont trois, me questionnent, appellent mon mari sur son portable et m'encadrent comme si j'étais dangereuse. Ils attendent que Paul arrive, il venait de déposer sa fille en voiture, le voilà qui revient. Ils le tiennent à distance comme un suspect, il crie un peu et dit : « Laissez-moi approcher » mais ils le maîtrisent et l'entraînent dans la pièce d'à côté. Je comprends qu'ils doutent, qu'ils pensent qu'il pourrait être à l'origine de ma tentative d'en finir. J'ai le temps de voir Salomé éperdue, seule au milieu du couloir, horrifiée, les mains contre sa bouche, entre son père rappelé à l'ordre par les policiers, et moi qu'on emmène prestement dans l'ascenseur. J'entends sa voix, à lui :

« Où allez-vous ? Je veux savoir.

— Votre présence n'est pas souhaitable, monsieur. »

Il en va ainsi des suicidés ratés, en France, ils n'emportent avec eux dans le panier à salade ni l'objet de leur malheur ni celui de leur réconfort. Réflexe de maman, j'ai le temps de crier à Paul : « Rose est chez Chloé, il faut que tu ailles la chercher », avant que l'ascenseur ne se referme. Lorsque je monte dans la voiture de police entre deux des hommes, je vois Paul et Salomé courant sous le porche, le père tenant sa fille en pleurs par l'épaule. Je me mets à trembler, à crier :

« Où on va, je veux rentrer, me coucher.

— Madame vous n'êtes pas en état, on va au commissariat.

— Mais pourquoi, je veux dormir, me coucher.

— Vous allez dormir, il faut vous calmer ma petite dame, ça va aller. »

Au commissariat, l'un des hommes descend de la voiture puis revient en disant : « On va à l'infirmerie. »

Paul a suivi la voiture de police et est garé à cinquante mètres, il s'approche avec précaution mais les policiers l'ont reconnu et l'éloignent. Je le vois parlementer avec un quatrième homme pendant que la voiture redémarre. On est parti, on prend la direction de la rive gauche. Je pense : « Ils m'emmènent à Sainte-Anne, on va me mettre chez les fous, m'assommer de calmants, m'enfermer. » Devant Sainte-Anne, on tourne à droite, on ne rentre pas par l'entrée principale, on arrive devant un bâtiment des années soixante, j'ai le temps de lire : « Infirmerie de la préfecture de police de Paris. » Je n'ai pas une seule affaire sur moi, je suis dans la robe corolle verte, ils ont pris mes papiers à l'appartement. Un portail se referme sur la voiture, ils me demandent si je peux monter les marches, je réponds oui et ils me tiennent chacun par un bras comme une criminelle. Au premier étage, un médecin portant une blouse avec un insigne de police m'examine, il me fait raconter mon acte puis me donne un cachet, un calmant. Je dis : « C'est quoi », je le repousse, je ne veux pas le prendre, il me dit : « Madame si vous ne le prenez pas je vous fais une piqûre. » Je ne le prends pas, quelqu'un d'autre arrive avec une seringue, je proteste en disant que ça va aller, mais la seringue vide est déjà dans la poubelle. Mes larmes coulent sans fin sur mes joues rouges, je promène des yeux affolés sur la pièce aux murs nus, j'entends des hurlements qui viennent de l'escalier. Je comprends qu'on amène là tous les désespérés et les blessés délictueux, on m'explique qu'il ne faut pas mettre sa vie ni celle des autres en danger sur la voie publique, que c'est pour cela que je suis là et pas simplement à l'hôpital. On m'a posé des tas de questions et je suis fatiguée. « Que fait votre mari ? Aviez-vous des problèmes de couple ? Avez-vous bu ? Vous ne buvez jamais ? C'est-à-dire ? Et lui ? Est-il violent ? Pourquoi vouliez-vous en finir ? » La réalité me rattrape alors que les effets de la piqûre commencent à se faire sentir et que ma langue s'engourdit dans ma bouche. Le piège s'est refermé sur moi. Ma TS ratée m'a menée en prison aussi sûrement que si j'avais agressé quelqu'un dans la rue. Ils me déshabillent, me font revêtir une chemise de papier intissé de ce bleu policier, et me conduisent dans une cellule avec un lit scellé au milieu, et des barreaux à la fenêtre. Je crie que je veux rentrer, que je ne suis pas folle, que mon mari n'y est pour rien. Ils me disent : « Peut-être mais on est dimanche soir et le médecin chef n'est pas là, alors on vous garde jusqu'à demain », je hurle : « Non, non, non », mais j'ai du mal, ma langue est inerte… Ils m'ont eue avec leur piqûre, ça se bloque dans ma gorge. « C'est mieux pour vous madame, il faut que vous compreniez, on ne peut pas vous laisser partir comme ça. » J'entends alors la voix de Paul qui crie : « Elle ne peut pas rester là, ce n'est pas humain, ce n'est pas possible. » Comment est-il arrivé là ? Je l'appelle de toutes mes forces mais c'est comme dans un cauchemar, rien ne sort de ma bouche. Et je pleure tout mon saoul jusqu'à ce qu'un infirmier apporte d'autres médicaments et que je sombre dans un sommeil sans rêve.

J + 3309

Le matin j'ai le cœur sur les lèvres. J'ai bavé pendant mon sommeil à cause de ma bouche ramollie par les calmants, et mes cheveux sont mouillés de salive. Je cherche un drap mais il n'y en a pas, ou je ne le vois pas, j'ai cru qu'il y en avait un hier, je tire à moi une mauvaise couverture qui sent le désinfectant. J'entends de drôles de bruits dans les couloirs, des cris étouffés. Ma vessie est pleine, je ne vais pas tenir, j'appelle pour qu'on m'accompagne aux toilettes. Il n'y a rien dans la chambre-cellule, rien pour qu'on ne se tue pas avec quelque chose. Je me sens sale et molle, mon entendement est engourdi. Quelqu'un arrive avec un plateau, un bol de café et du pain avec du beurre. Je mange parce que j'ai peur de vomir et qu'il ne soit pas possible d'aller aux toilettes. Sur le plateau sont disposés de nouveaux cachets, je les prends, la dose de cheval d'hier m'a servi de leçon. Si on n'avale pas ils piquent et c'est plus fort. Je demande ce que c'est et on me dit : « Un calmant et un anxiolytique. »

Le plateau repart comme il est venu. Tous ces gens se meuvent plus vite que la normale, j'ai du mal à suivre, ils m'ont ralentie, oui, c'est cela. Du temps passe sans rien, plus calme. Je reste indolente sur ma couche de condamnée, il fait un peu froid, heureusement un rai de la lumière du soleil glisse jusqu'à mon lit, je me colle dedans, tout entière si possible. Oui, comme ça, le corps épouse le rayon qui réchauffe. Ça coule sur mes joues, des larmes de miséreuse, de folle je pense. Ils vont me mettre chez les fous si Paul ne fait rien, j'ai lu quelque part que quand un proche fait une tentative de suicide, il faut garder la main sur le dossier parce qu'autrement le malade va d'internement en internement au bon vouloir du médecin chargé du cas. Je me dis que c'est comme ça qu'on devient vraiment fou. Je sonne et je demande à ce qu'on appelle mon mari. On me dit qu'il est là, mais que je ne vais pas pouvoir le voir. Je dis : « Mais si, mais si, ce n'est pas possible, il faut que je le voie, cette fois-ci je vous en supplie », et je demande le médecin-chef mais on me dit : « Il est avec votre mari, il vous verra après, l'un après l'autre madame, c'est normal. » Non ce n'est pas normal, et je crie mais un infirmier arrive et me parle d'une nouvelle piqûre et je renonce, vaincue. Je demande simplement ma montre, je veux qu'on me rende ma montre, et quelqu'un sort pour aller la récupérer mais ne revient pas.

Quand on vient me chercher pour m'emmener chez le médecin-chef je regarde hébétée les deux personnes qui me parlent, puis je me lève et chancelle, je ne prends jamais de psychotrope, ils ont dû mettre la dose.

« Ça va aller madame ? »

J'ai l'impression que c'est le premier mot d'humanité qui ait été prononcé depuis que je suis là.

« Oui, mais je ne me sens pas bien, j'ai mal au cœur...

— Ce sont les médicaments.

— Je ne voudrais pas les prendre, s'il vous plaît, je n'en prends jamais.

— Mais dans l'état où vous êtes il n'y a pas d'autre solution madame.

— Il faut que je rentre, mes filles vont être toutes seules, je ne peux pas rester.

— Il va falloir vous reposer avant, madame. »

On est arrivé. Ils m'introduisent dans le bureau du médecin-chef et me font asseoir dans un fauteuil en face de lui. La place est chaude. Paul vient de la quitter. Un instant je me réfugie dans cette chaleur, je me cale.

Le médecin me regarde longuement, dans les yeux. Je suis là devant lui, et d'un coup je décide d'ouvrir la bouche, je débite mon histoire aussi vite que je peux, c'est-à-dire plutôt normalement, et je veux avoir l'air normale de toute façon, je le veux de toutes mes forces, même si je sais mes yeux bouffis, ma chemise de prison froissée, mes cheveux emmêlés.

« Je voulais en finir hier, j'ai eu un coup de désespoir, je sors d'une histoire d'adultère longue, entièrement de mon fait, mon mari l'a découverte et il a décidé de me quitter il y a quelques jours. Depuis je ne vais pas bien, j'ai l'impression d'avoir tout gâché, tout détruit, et puis j'ai menti pendant si longtemps, je m'en veux, et maintenant je m'en veux surtout d'avoir tenté ça, hier. Je ne suis pas bien voilà, mais ça va aller mieux si je rentre chez moi, je vais me faire soigner, je vous promets, ça va aller mieux, je ne suis pas dépressive, je n'ai jamais rien eu, il faut juste que je rentre à la maison, et puis il y a mon travail, je travaille… »

Au moment où je prononce ces mots je me rends compte que ma parole est dérisoire. Il me considère à nouveau longuement. Il pose ses deux coudes sur son bureau, sur le sous-main en plastique vert.

« Je voudrais savoir ce que vous avez fait exactement hier après-midi, qu'est-ce qui s'est passé ? »

Je reprends alors l'histoire par les faits, avec beaucoup de lassitude, le premier discours m'a déjà épuisée, alors je fais un gros effort, de clarté, de diction, pour la lui raconter, pour retracer cet après-midi abscons.

« Aviez-vous bu ? Je n'ai pas les résultats de votre prise de sang. »

Ils n'ont que ça à l'esprit.

« Non, je ne bois pas, renseignez-vous. »

Il m'énerve, ça me réveille un peu, plutôt ça me tend, juste assez pour me redresser dans le fauteuil.

« Vous n'êtes pas en état de rentrer chez vous à l'instant. Vous êtes épuisée. Il faut vous poser et vous reposer. Vous avez besoin de soins. Des soins qui vous protègent contre vous-même. Pourquoi êtes-vous si dure avec vous-même ? On dirait que vous pensez que tout est de votre faute. Pourquoi pensez-vous cela ? En général dans un couple quand il y a des problèmes, ce n'est pas blanc d'un côté, noir de l'autre. J'ai vu votre mari. Mais pour l'instant, c'est vous qui souffrez, c'est vous qui avez besoin d'un suivi, je ne peux pas vous remettre comme ça dans le circuit, dans la nature comme on dit. Qui me garantit qu'en rentrant chez vous vous n'allez pas retourner sur ce balcon ? Je ne peux pas prendre cette responsabilité.

— On ne me considère pas comme responsable alors ?

— ...

— Mais est-ce que mon mari peut décider lui ? Lui il est considéré comme responsable ?

— Ce n'est pas une question de responsabilité. Votre mari ne voulait pas que vous soyez internée. Il ne voulait pas signer la demande d'internement. Mais s'il ne l'avait pas fait lui-même, je l'aurais signée moi, et alors c'est moi qui aurais gardé la maîtrise de votre cas, de l'ensemble des éléments de votre dossier, et plus lui... Cela ne lui a pas semblé possible, donc il a signé. »

C'est donc bien ça.

« Vous allez être internée à Sainte-Anne le temps qu'il faudra, pas très longtemps sans doute, le temps de faire des examens, de vous mettre sous traitement.

— Je voudrais des affaires s'il vous plaît monsieur. Est-ce que je peux voir mon mari pour lui demander des affaires, je vous en supplie, s'il vous plaît monsieur... Il est encore là, s'il vous plaît. »

Il appelle et quelqu'un entre, il demande qu'on aille chercher Paul dans la salle d'attente.

Paul arrive aussitôt, rouge et l'air bouleversé. Je comprends de suite qu'il ne supporte pas bien la scène, de me voir là, comme ça comme une pauvre fille, et c'est cela qui me fait éclater en sanglots. Je trouve la force de lui dire : « Tu m'as internée », et là il se met à pleurer lui aussi, il me prend un peu dans ses bras : « Je n'ai pas eu le choix », et je suis presque soulagée de le voir pleurer.

« On va te sortir de là.

— Quand ?

— Je ne sais pas, vite… Pourquoi tu as fait ça ?

— … Où sont les filles ?

— Avec moi… à la maison.

— Je voudrais mes affaires, je n'ai rien. »

Je lui demande pêle-mêle ma trousse de toilette, une chemise de nuit et un pyjama, mon livre entamé, celui qui est sous la table de chevet, de Pierre Assouline, des journaux, un jean, des tee-shirts, un gilet, le sèche-cheveux, un savon, du shampoing, deux serviettes de toilette, un gant, le coton, de la Prontalgine, mes lunettes de vue, des élastiques pour mes cheveux, je lui dis qu'il faut laisser de l'argent pour Carole et Linda, et puis passer prendre le passeport de Rose, il est prêt, et aussi penser à remplir ses fiches pour l'inscription de l'année prochaine, c'est cette semaine…

Il me répond : « Ne t'inquiète pas » et j'ai des doutes comme toutes les mamans du monde mais cela me soulage de cette litanie des choses à faire, au moins là je sais que je ne vais pas faillir, que ma maîtrise de ce champ maternel demeure absolue et incontestée malgré mes déboires, qu'on peut tout me reprocher mais pas d'être un monstre d'anticipation et d'organisation pour la vie de famille.

Pourquoi cela n'a-t-il pas été assez puissant pour me retenir du bon côté du balcon ? Cela m'apparaît incroyable tout d'un coup, dans ce bureau verdâtre, d'où toute trace d'humanité a été éradiquée. Comment la tentation du vide a-t-elle pu un instant, mais il suffit d'un instant, l'emporter sur ce paquet de petites tâches au fond plutôt jubilatoires, ce lot de quotidien si banal et si important, ce cumul de devoirs et de toutes petites joies qui caractérisent la construction familiale ? Je n'ai pas la force d'énoncer quoi que ce soit mais c'est là, dans ce bureau indistinct, que me saisit l'inanité de mon geste, sa bêtise. Une phrase de La Fontaine qui me revient, son bon sens définitif : « On ne l'y prendra plus. »

Car il me reste cela, je le sais, ce devoir que j'ai failli oublier, les deux petites filles dont j'ai pensé qu'elles se débrouilleraient avec leur père, et je vois bien mon ridicule, et avec ma bêtise qui me saisit monte une onde de culpabilité.

Paul me serre maladroitement contre lui et sa détresse est sincère, je lui dis : « Ne me laisse pas à Sainte-Anne s'il te plaît, je ne suis pas folle. » J'entends : « Je sais » à mon oreille.

Le médecin dit qu'il faut y aller, que monsieur pourra m'apporter des affaires ici ou à Sainte-Anne, c'est juste à côté, je serai transférée dans l'après-midi.

J + 3310

Ils n'auront même pas tenu leur promesse. Je n'ai pas eu mes affaires avant ce matin, ils n'ont pas jugé bon, hier soir, de dire à Paul venu avec une petite valise que j'étais déjà à Sainte-Anne et qu'il pouvait y porter mes affaires directement, ils les ont prises, se sont aperçus que j'étais partie et c'est un agent qui les a enfin déposées ce matin, après que j'ai réclamé plusieurs fois, l'infirmière me l'a dit. Il a fallu passer une autre nuit dans une chemise en papier bleu intissé. Je me suis douchée longuement dès que les affaires sont arrivées, me suis débarrassée de toute cette crasse, de la souillure de l'« Infirmerie de la préfecture de police de Paris », la prison où échouent ceux qui n'avaient pas tout à fait assez le moral pour passer la nuit, et pas assez envie de mourir pour y parvenir. J'enfile un jean et une chemise que Paul a placée là, que je ne mets jamais, encore un signe de distance entre nous, il ne sait plus ce que je porte. Mais tant pis, c'est bien : un chemisier blanc très convenable, très approprié, un vêtement qui dit que je peux sortir, que tout est normal.

À Sainte-Anne, je suis dans le pavillon Magnan, le pavillon fermé. Il ressemble à l'asile de *Vol au-dessus d'un nid de coucou*, c'est cela qui me vient d'abord à l'esprit. Ils ont voulu faire un service moderne, avec des chambres minuscules à hublot, mais ça finit toujours par ressembler à *Vol au-dessus d'un nid de coucou*, version « urgences » 2010. Toutes les chambres sont serrées les unes contre les autres, à moins d'une encablure du bloc des infirmières pour qu'elles puissent surveiller tout le monde en même temps. Cette promiscuité c'est voulu, on reste tous à portée de main et de piqûre, faudrait pas déconner. Toute once d'intimité disparaît, on devient visible de tous, tout le temps. Dans la chambre on circule à peine autour du lit, c'est encore une cellule même si ça n'en porte pas le nom. Trois mètres sur deux, maximum. Des cellules dont on aurait enlevé les verrous parce que, de toute façon, les patients sont trop assommés de médocs pour tenter quoi que ce soit, et il n'y a plus qu'un seul verrou pour tout le monde, à la porte du service. Notez, c'est ça qui est moderne, par rapport à *Vol au-dessus d'un nid de coucou*. Alors oui on y va, même moi, merde, j'y vais à cette fichue porte. J'y vais et je m'y tiens un moment pour apercevoir le palier et ça ne sert à rien et putain, il faut que je me décolle de cette porte sinon ils vont penser que j'en suis. Que je suis l'une d'elles, l'une de ces ombres, l'une de ces épaves. Alors que moi je suis comme Jack Nicholson quand il tombe dans le nid, je ne suis pas comme eux, je suis normale et intelligente. Il ne faut pas se laisser gagner par la folie. C'est l'enjeu : que le piège de l'hôpital psychiatrique ne se referme pas sur soi. Ils vous donnent un médicament de trop et hop, vous ne revenez jamais dans la vie normale. Se méfier, c'est vite fait de glisser.

Dans la chambre il y a une armoire scellée au sol et au mur, faudrait pas balancer les meubles, ah ça, non… Et puis une salle d'eau toute neuve, c'est déjà pas mal, avec la douche qui coule directement sur le sol dans un coin et qui est d'une propreté clinique, mais ça me dégoûte tout ce bloc sanitaire où on pourrait se doucher pendant qu'on pisse et qu'on chie. Ah ben oui, ça serait pareil et puis on s'en fout bien, de comment ils se douchent les cinglés, de s'ils se lavent le cul ou pas.

C'est aujourd'hui que mon désespoir s'est mué en colère et puis en une sacrée frousse. Toutes les dix minutes un visage se colle au hublot et au début je confondais les infirmières et les fous, puis les fous m'ont sauté aux yeux. Ce qu'ils ont dans les leurs me fait peur. Peur de sombrer, peur de devenir comme eux, de partir, de quitter le navire. Comment je vais faire pour que les infirmiers et les toubibs comprennent que je suis différente ? Paul dis-le leur quand tu viendras. Paul où es-tu ? Paul ne me laisse pas je t'en supplie. Ici c'est sûr, si on n'est pas fou en entrant, on le devient. Pourquoi n'y a-t-il qu'un seul endroit pour tout le monde, ceux qui ont décroché depuis longtemps, qui sont déjà déroutés, et puis les autres, ceux qui échouent là un peu par hasard pour la première fois, comme moi ? Pourquoi ensemble mon Dieu ? Me dites pas que c'est pareil.

Quand ça crie, on ne peut pas ne pas entendre. Je me bouche les oreilles. Ils se baladent partout, ça fait comme un circuit de promenade à l'intérieur du service, ils rentrent dans ma chambre plusieurs fois par jour : une dame qui me demande toujours la même chose, si j'ai bien eu mon coup de fil, et un gros type au teint mat qui fait semblant d'être infirmier et qui doit résider là depuis des décennies, et il faut lui dire que ça va, qu'on n'a besoin de rien.

Moi j'ai besoin de tout, d'amour, de mes filles, de mon mari parti, de ma mère, de ma maison. De sortir. SORTIR.

Le faux infirmier se dresse au bout de mon lit. Je lui gueule ça dans sa face de dingue et il déguerpit, apeuré.

Les infirmières accourent et moi je pleure parce que je vais péter les plombs si on me laisse là.

« Madame, calmez-vous. Vous êtes là, c'est comme ça. Calmez-vous si vous voulez sortir. »

J + 3311

Revu longuement le médecin qui est déjà passé hier soir dans ma chambre.

La certitude, c'est que je n'en suis pas. La psychiatre qui s'est emparé de mon dossier et m'a reçue dans son bureau cet après-midi l'a vu. Elle l'a vu tout de suite, elle l'a vu au premier regard. Je veux en être sûre. Oui j'en suis sûre. Elle a vu aussi que ça n'allait pas bien. Elle approche de la soixantaine, des cheveux gris coupés courts et de la bienveillance, une habitude, et une lassitude aussi. Je lui dis que je ne comprends pas pourquoi je suis là avec tous ces gens dans le pavillon fermé. Elle rectifie : « Vous n'êtes pas dans le plus fermé des pavillons, ici vous avez le droit de vous balader dans les couloirs. » Il existe donc un quartier aux chambres closes, bien sûr.

Je réitère mon histoire, j'en ai un peu marre de la raconter : l'adultère, le départ de Paul, mon « coup de cafard ». Ce sont ces mots qui me viennent soudain, en même temps qu'un soulagement à dédramatiser l'épisode, comme s'ils avaient le pouvoir de faire tomber le mercure. Coup de cafard : la psychiatre lève les yeux sur moi à ce moment.

« Un peu sévère le coup de cafard, non ?

— Oui. »

Elle me regarde comme si elle m'avait posé la question de confiance, celle qui devait décider de mon sort. Je sens qu'il faudrait que j'embraye sur la suite qu'il conviendrait de donner à ce coup de cafard, mais rien de probant ne me vient, je soutiens son regard et lui dis :

« Je voudrais rentrer chez moi s'il vous plaît, je ne crois pas que ce soit le bon endroit pour retrouver goût à la vie.

— Peut-être, mais c'est un endroit sûr pour vous pour l'instant.

— Je ne sais pas, je ne pense pas, je n'ai pas envie de recommencer. J'ai envie de vivre, de reprendre une vie normale. Ici je ne suis pas entourée de gens normaux.

— La normalité est une question toute relative. Vous avez commis très récemment un acte qu'on peut aussi juger tout à fait anormal, ne l'oubliez pas. Je suis d'accord, nos patients sont pour la plupart bien plus atteints que vous. Mais vous sortez à peine d'un épisode suicidaire qui reste probablement très douloureux. Ce serait un acte d'inconscience de vous renvoyer chez vous sans plus de garanties. Je vous encourage vivement à ne pas reprendre le cours de votre vie comme si de rien n'était. Ne vous inquiétez pas outre mesure, nous n'avons pas les moyens de garder dans nos murs des patients qui n'ont pas besoin du suivi que nous assurons ici. Vous allez évidemment rentrer bientôt. Pour l'instant vous n'avalez qu'une dose presque innocente de calmants, et vous êtes plus apaisée. Je vais vous prescrire un antidépresseur et vous commencerez aujourd'hui. On verra comment vous êtes demain, et puis même si vous sortez demain ou après-demain, vous reviendrez me voir dans une semaine pour me dire comment vous supportez ce traitement. On en reste là pour aujourd'hui ? »

Je hoche la tête, un peu perplexe. Elle n'a pris aucune décision. Les larmes me montent aux yeux. À l'idée des incursions répétées de la dame au coup de fil et du faux infirmier dans ma chambre de recluse, la misère m'envahit. Tenir…

J + 3312

On est mercredi. Ils ont convoqué Paul cet après-midi, la psychiatre me l'a dit. Elle me fera venir à la fin de leur entretien. L'infirmière m'explique que je prends un antidépresseur classique à une dose, disons, moyenne, rien d'exceptionnel. Encouragée par ce qui ressemble à un constat de banalité, je risque la question qui me taraude :

« On va me laisser partir, aujourd'hui ?

— Ah ça, je ne sais pas, il va falloir que vous vous fassiez soigner, de toute façon.

— Je vais le faire.

— On dit ça.

— Mais oui. »

Elle jette sur moi un regard incrédule et las.

« La psychiatre voit votre mari cet après-midi je crois ?

— Oui je pense. »

Je dors un peu, mal, je me sens épuisée. Dans mes songes défilent les intrus, les prisonniers du pavillon Magnan, la vieille dame qui se déculotte à tout bout de champ dans le couloir, le faux infirmier à la carrure de rugbyman, l'obsédée du téléphone… Ils se succèdent à un rythme effréné au seuil de ma chambre. Je les éconduis et je voudrais leur dire que je ne les méprise pas, leur dispenser un brin de sollicitude mais de ma bouche ne sortent que des grossièretés et des insultes, et le faux infirmier s'approche de ma couche, menaçant… Je me réveille en sursaut et en nage.

Le repas de midi arrive bien avant l'heure comme à l'hôpital, mais j'ai faim. Le tourbillon de mes pensées s'est calmé. Elles se bousculent encore un peu à la porte de mon esprit mais deviennent plus distinctes, plus claires. L'ivresse du suicide passée, c'est comme une grosse gueule de bois.

Parmi les pensées claires s'en glisse une, persistante : « Paul a-t-il téléphoné à mon bureau, qu'a-t-il raconté ? » Pourvu qu'il n'ait pas dit la vérité. J'espère qu'il a menti, qu'il a invoqué un problème de santé, d'une autre nature, oui c'est ça, pas un problème de santé psychique et mentale… D'un autre côté, il m'a quittée il y a une semaine et tout le monde le sait. Personne ne dira rien parce que je suis habituellement d'une nature vitale, mais on se doutera de quelque chose, un incident, une crise, un passage à vide. On ne croit pas si bien dire. Le bureau me ramène à Roch et je me rends compte que je n'ai pas pensé à lui depuis le soir de ma TS. Pas une fois. Je n'ai pensé qu'à Paul. C'est alors comme une petite victoire, la découverte que dans la détresse ultime, l'obsession de Roch s'est dissoute dans un puissant instinct de conservation.

Comme l'après-midi s'étire lentement, je m'impatiente, je tourne un peu dans la chambre, sans parvenir à me fixer sur un livre, un journal. Le gros du malaise est passé alors je voudrais déjà être dehors, que la vie reprenne. Est-ce qu'ils vont comprendre ça, le médecin, Paul ? Est-ce qu'ils ne vont pas avoir peur ? D'une récidive, du retour du tourbillon ? Lorsque la porte s'ouvre sur l'infirmière, je suis déjà prête, habillée, j'emboîte son pas rapide et j'entre dans le bureau de la psychiatre. Je suis seule d'abord. Elle me parle enfin comme à une adulte, quelqu'un de sain d'esprit :

« Vous allez rentrer chez vous… mais à une condition : que vous consultiez un psychiatre de ville, quelqu'un qui va vous suivre pendant quelque temps. Je veux son nom et je l'appellerai pour lui parler. Et moi je vous conseille vivement de ne pas en rester là, d'aller faire un séjour dans une clinique spécialisée près de Paris, il y en a une à Meudon, une à Ville-d'Avray, une au Vésinet, elles sont très bien… Je vais vous arrêter jusqu'à la fin de la semaine, le temps que vous preniez une décision. Vous faites une dépression, c'est sérieux. Certes vous n'avez jamais été sujette à cela mais ce n'est pas une raison pour banaliser ce qui vous arrive, ce que vous venez de faire. Ne repartez pas trop vite, vous comprenez. Autre chose : votre mari n'est pas un ennemi, mais il est parti, il ne peut pas grand-chose pour vous. »

Je comprends qu'elle l'a testé, sondé sa culpabilité, son éventuel désir de retour en arrière, et qu'elle n'a rien trouvé.

« Je sais.

— Alors ne vous surestimez pas. Soyez raisonnable.

— Merci.

— Vous donnerez tout cela en bas pour la sortie. Votre mari vous attend, j'ai pensé qu'il pouvait vous ramener, cela n'est pas toujours le cas, mais là…

— Merci.

— Appelez-moi dès que vous aurez un rendez-vous avec un psychiatre de ville. »

Une bouffée de chaleur et de confusion m'envahit, éternelle reconnaissance. Je sors en hâte sans même lui serrer la main, je ramasse les dernières affaires dans la chambre et le cabinet de toilette. Pourtant j'ai encore une chose à faire ici, une seule. Je sors de ma chambre dans un battement de porte et le cherche. Lui qui est en marche, en route pour je ne sais quel pays de vent et d'oubli, lui qui arpente le pavillon Magnan du petit matin à la nuit, je ne le trouve d'abord pas. Puis tout au fond du couloir, j'avise le dernier hublot. Le faux infirmier est là assis sur son lit, un peu trop près du bord, comme en visite chez quelqu'un d'autre, et dans cette position précaire, il lisse de sa paume la couverture en regardant sa main aller et venir. Je m'approche et pose un doigt sur son épaule. Le contact le fait sursauter et il relève la tête vers moi. Son visage est fermé, ses yeux perdus. J'accentue un peu la pression sur son avant-bras, comme on fait à un proche. Il a une hésitation, puis alterne fuite et présence, et enfin son regard se désembue, se précise, il accepte l'échange des yeux. Je fais très attention, je ne veux pas le brusquer. Pas pendant qu'il se tient là en pays incertain, entre le réel et les abysses. Je lui dis doucement :

« Comment vous appelez-vous ? »

Il détourne la tête et ce faisant, il prononce son nom dans un souffle : « Pierre Lenfant. »

« Pierre je voulais vous dire au revoir. »

J'enserre ses mains et ses yeux partent puis reviennent se planter dans les miens. Une rougeur emporte ses joues, et je sais qu'il aurait mieux valu ne pas risquer ce contact, mais je n'ai pas pu m'en empêcher. Le contact il l'a reconnu, cette attention que je viens de lui prodiguer et qui n'est pas un geste médical, peut-être un souvenir est-il venu. Passent dans son regard une dignité, une conscience de soi un instant retrouvée, et puis un contentement, furtif.

Je voudrais lui dire mon respect et ma peur aussi, et qu'il faut qu'il m'excuse, et puis je reste muette, parce que c'est un pouvoir qu'il exerce là, celui de la distance et de l'arrêt, comme un bouclier invisible qu'il déploie. Devant moi, Pierre Lenfant est soudain le plus impressionnant des hommes que j'aie jamais rencontrés et son humanité me bouleverse, elle me cloue. Il me tient en respect au bout de son regard et de son innocence, intouchable. Je desserre l'étau de mes mains autour des siennes.

« J'espère que ça va aller Pierre, au revoir. » Je sors à reculons. « Au revoir. » La porte se referme sur Pierre Lenfant et j'ai le temps d'entendre : « Vous n'avez besoin de rien ? » Je ne veux pas me retourner pour voir son regard reparti, enfui, les yeux vides, désertés. Cela me raconte ce glissement terrifiant, qui fait tellement mal, qui fait tellement peur. On ne peut pas prendre la souffrance des fous, on ne peut rien soulager, et il suffit d'avoir dérapé un peu pour déjà la connaître, pour savoir qu'elle est là tapie en chacun de nous, comme un petit animal familier et moqueur, un raton laveur sanguinaire qu'on passe sa vie à museler.

En coup de vent je lui dis très fort : « Non, de rien », j'emporte mon sac et je ne sens plus la fatigue, l'infirmière me fait sortir avec son badge par la porte du service, puis celle du bas qui donne sur le hall, où Paul piétine déjà, impatient comme toujours. Je vole. Je dois encore obtenir le billet de sortie. Brandissant le papier comme un étendard, j'ouvre enfin la porte, celle-ci n'a pas de système de sécurité, c'est la dernière. En bas des marches de granite je prends une grande bouffée d'air frais. Puis je dis à Paul cette petite phrase, comme si rien ne s'était passé et que nous étions simplement pressés de sortir d'un rendez-vous un peu ennuyeux, un peu inutile :

« Dis donc il vaut mieux ne jamais avoir à faire ici. Oh là là… » À mon « Oh là là », il marque un temps d'hésitation, puis me regarde curieusement et continue la marche, tête baissée. Oh là là, c'est tout ce que j'ai trouvé comme sortie, sortie du tunnel, du désespoir, de la connerie… Nous marchons longuement, ce n'est plus un hôpital, Sainte-Anne c'est une ville avec des rues, je n'avais pas vu sa dimension tentaculaire. Paul a pris mon sac sur son épaule, nous traversons de grandes allées ombragées de marronniers et de tilleuls. Il me semble que le temps s'est rafraîchi, la chape de chaleur dissoute.

« La voiture est là, tu as une contrav ! »

Puis :

« Oh là là, tu conduis un peu vite. »

J + 3317

Comme c'est dur le retour. Si peu de sommeil les nuits dernières malgré le calmant du soir. Les filles oscillent entre l'inquiétude de me voir déprimée et l'excitation des vacances prochaines. Tout cela me tend. Le labeur domestique qui me tient habituellement à la manière d'une colonne vertébrale m'épuise tout à fait, et je m'affaisse sous le poids de la moindre tâche à accomplir. Mes rêves de rétablissement spontané s'évanouissent jour après jour. J'ai séché ma première matinée de retour au bureau, je ne peux pas y aller. Je ne veux pas y aller, reprendre contact avec Roch, le voir, tout ça, non, je ne veux pas. Qu'on me laisse tranquille.

J + 3320

J'explique au psychiatre avec qui j'ai pris rendez-vous pour obéir à la dame de Sainte-Anne, que je voudrais remplacer les antidépresseurs qu'il s'apprête à renouveler par du dialogue. Il porte le nom d'un grand dialoguiste français et je me dis qu'il devrait être sensible à cette belle idée.

Il me sourit et me dit : « On va voir, n'est-ce pas ? » Son « n'est-ce pas » résonne dans le cabinet haussmannien. Plutôt bien trouvé. Il se peut que le praticien ait hérité du talent de son homologue, en fait son grand-père, car mon Dieu, ce « n'est-ce pas » est imparable : ni arrogant, ni cynique, ni définitif, et totalement irréfutable. Comment échapper au « n'est-ce pas » du docteur, c'est ce que je cherche en vain pendant une bonne minute, avant d'aviser le paquet de Kleenex habilement disposé à portée de main et d'en attraper un, par anticipation. La suite de la conversation ressemble à une négociation que j'aurais menée légèrement de travers.

Je pleure presque tout de suite au récit que je lui fais de ma longue relation adultère, de ma TS, de ses tenants et aboutissants, de ma peur à Sainte-Anne. Je prends mon temps, mon débit est lent, parfois haché de sanglots. C'est un moment pénible, mais je veux de l'aide, désespérément, alors je lui raconte du mieux que je peux la longue histoire, c'est ma chance de l'avoir en face de moi, qui m'écoute scrupuleusement et prend des notes, jusqu'à la fin. Il m'interroge à nouveau sur ma consommation d'alcool, et sa question manque de ruiner mon dernier espoir que se tende une main secourable. Ma parole ils n'ont que ça en tête, et je pense furtivement à ce que me dit toujours cet ami qui dirige la réanimation du CHU de Nantes : « Si on interdisait l'alcool, on viderait tous les hôpitaux de France et on mettrait la moitié des médecins au chômage. »

Il sent mon agacement, a un mot d'excuse et de justification que je tranche d'un « je sais » sans bavure et dont la netteté se cogne aux murs du cabinet, aux accoudoirs du canapé qui fait office de divan, aux angles de son bureau Louis-Philippe, au miroir sur la cheminée. Répercuté de toutes parts, le « je sais » flotte dans l'air quelques secondes, absurde et dérisoire. Je lui sais gré des quelques secondes de silence qu'il met avant de reprendre très normalement le fil de la conversation. À la différence de ses confrères, le psychiatre se révèle beaucoup plus curieux de l'amant que du mari. Sans doute tient-il déjà cette perspicacité d'une écoute plus attentive de mon histoire.

« Avez-vous des nouvelles de cet homme, ce... Roch, c'est cela ? S'est-il manifesté depuis dimanche ?

— Oui, il m'a laissé un message, pour s'étonner de ne pas en avoir de ma part.

— Que lui avez-vous raconté ?

— Rien. Je n'ai pas répondu. J'ai fait dire à mon bureau que j'avais un pépin de santé, un problème gynécologique. Il le saura.

— Jc vois. »

Après le « n'est-ce pas », le « je vois » marque une progression dans l'échelle de subtilité de ce praticien. Il m'inspire une plus grande sympathie que les précédents :

« Quand on argue d'un problème gynécologique, d'un coup les gens ne posent plus de questions, ils acquiescent d'un air entendu. Ils ne vont quand même pas vous interroger : fibrome, cancer des trompes, herpès ? À peine s'ils demandent si c'est grave. Vous le savez bien…

— Oui bien sûr. C'est très habituel. Et vous, vous en dites quoi ?

— Que ça m'arrange.

— Vous croyez vraiment ? Vous tenez à ne partager votre malaise qu'avec vos filles et votre mari, alors que celui qui est visiblement au cœur du sujet serait épargné ? Vous préférez qu'il n'en sache rien pour pouvoir continuer cette petite liaison comme bon lui semble. Je vous provoque, mais… est-ce qu'il n'aurait pas le droit à la vérité concernant cet incident gynécologique, lui aussi ?

— Peut-être…

— Ne le protégez pas. À trop le protéger vous vous surexposez. C'est vous qui êtes en danger, pas lui.

— Peut-être.

— Non : pas peut-être, sûrement. Regardez sa situation d'un œil objectif : il entretient avec vous une relation très satisfaisante pour lui depuis plusieurs années. Par satisfaisante, j'entends valorisante, enrichissante, sur tous les plans, personnel, affectif, sexuel, intellectuel, professionnel désormais, c'est beaucoup, n'est-ce pas ? Je disais satisfaisante, et elle l'est d'autant plus qu'elle ne compromet en rien son couple ni sa vie de famille.

— En rien, c'est vite dit…

— Y a-t-il une menace imminente sur la stabilité de son couple ?

— … Non.

— Pendant ce temps-là, votre mari vous quitte, las de vos incartades et de votre indécision, et puis peut-être mû par autre chose, vous ne savez pas… N'est-ce pas ? Au fait de cette rupture, votre amant de bientôt dix ans ne vous montre aucune sollicitude, et reste engoncé dans son inertie. Vous allez jusqu'à enjamber un parapet pendant qu'il prend l'apéro du dimanche soir en famille, auprès d'une femme aimante et dépendante qui ne le quittera jamais. Vous voudriez lui cacher cela ? Vous ne trouvez pas que la partie est un peu facile pour lui ? Collez-lui un peu sous les yeux le chaos qu'il a contribué à semer dans votre vie, quelles que soient vos intentions pour la suite. »

Voilà au moins qui est clair. Je ne reconnais ni Freud ni Lacan mais le fond et la manière me bousculent. S'ensuit un long silence, que je remplis de larmes muettes, et qu'il brise d'une voix douce :

« Je vous trouve vitale au fond, je pense que vous n'êtes pas prête à recommencer, mais vous n'allez pas bien, non, vous faites une grave dépression, et elle couvait. Car cette vie que vous menez depuis si longtemps ne vous convient pas, elle vous torture, elle vous affecte, en profondeur. Et vous ne savez pas tourner la page car vous vous êtes mise dans une drôle de position, en dépendance affective forte vis-à-vis de cet homme, depuis trop longtemps. Et vous êtes en surchauffe, comme on dit. Il faut vous relâcher, et pour cela organiser une rupture, nette, avec votre quotidien. C'est important, physiquement, symboliquement. Cela ira plus vite et mieux. Ma recommandation c'est que vous alliez passer un bon mois en clinique spécialisée. »

Ça y est le verdict est tombé, ferme. Je ne m'oppose pas. Tout juste quelques questions pratiques, et je lui demande si je pourrai continuer à l'appeler et à le voir ensuite. La couverture gynécologique ne tiendra pas non plus, pour mon travail. Mettons un peu de vérité dans cette déroute.

J + 3386

À Ville-d'Avray, j'ai eu une place presque tout de suite.

Nous avons roulé dans une rue bordée de maisons de banlieues riches, en meulières jointées de rouge, prises dans la verdure. Paul a donné mon nom à l'interphone et le portail d'entrée du parc s'est levé pour laisser passer sa voiture au pied des grands arbres. C'est l'été indien, il fait encore chaud et la lumière est d'un monde finissant.

Il a pris ma petite valise dans le coffre, et en montant l'allée vers la grande villa à colombages, j'étais sensible à tous ses gestes, je me suis mise à penser comme une condamnée, peut-être ne reverrais-je jamais tout cela de la même manière, la sollicitude de Paul, la lumière de ce matin de rentrée, les joues de mes filles au réveil, encore toutes pleines de l'oxygène des vacances, les frondaisons des grands marronniers teintées de jaune.

La bâtisse ne ressemble pas à une clinique mais à une pension de famille, celle que fréquentent André Dussolier et Catherine Frot dans *Le crime est notre affaire* : une maison extraite volontairement du temps, restée intacte avec tout son attirail de meubles des années quarante, du bois verni, des patères en fer forgé, des fauteuils club avachis et de vieux livres avec des reliures en tissu. Rien d'aseptisé, mais un vague désordre, une atmosphère incertaine et fatiguée, un aquoibonisme désabusé, et quelque chose d'énigmatique. Elle pourrait faire un peu peur cette maison ; on pourrait s'imaginer une chambre d'électrochocs d'un autre âge, oui, dans ses entrailles, quelque part au fond d'un corridor derrière des boiseries en trompe l'œil.

On nous dit qu'on m'attendait, mais curieusement on nous laisse ensuite trois quarts d'heure engoncés dans les fauteuils mous du grand salon-hall.

Les minutes et quelques patients passent. Les uns absents, marchant comme des automates, évitant nos coups d'œil anxieux. D'autres plus alertes, mais portant une fatigue immense. Les visages sont graves et fermés. Inquiète, je croise le regard de Paul et lui signifie que tout ça n'est peut-être pas pour moi. Il n'en fait aucun cas et reprend une lecture distraite du *Figaro*, puis le pose et agacé, regarde sa montre. Une patiente arrive en peignoir blanc en éponge, elle traîne ses pieds, remue ses lèvres dont ne sort aucun son. En moi le malaise monte à nouveau, comme à Sainte-Anne, je n'ai pas du tout l'impression d'aller aussi mal que tous ces gens. Je pose les mains sur les deux bras du fauteuil comme pour me lever et partir, mais une dame en blouse blanche s'approche de nous et me dit : « Voulez-vous me suivre, madame ? » Paul s'empresse après nous, mais la dame le retient : « Monsieur, le docteur vous verra dans quelques jours, si cela ne vous ennuie pas, vous pouvez repartir, nous vous appellerons pour vous proposer un rendez-vous. »

Surpris et désarmé, Paul me regarde inquiet. Mon désespoir monte d'un coup à l'idée qu'il parte, qu'il me laisse ici, dans ce nouvel endroit pour fous, j'attrape son bras et il m'enlace, me dit au revoir très doucement, et je le supplie : « Tu viendras s'il te plaît », puis la dame en blanc me presse : « Venez madame, le docteur vous attend. » Elle ouvre une porte donnant sur un escalier qui descend au sous-sol et je perds Paul de vue. C'est fini je suis ici, j'y suis.

J'entre dans un cabinet éclairé par des fenêtres qui donnent sous la terrasse du bâtiment et que je n'avais pas remarquées en arrivant. La lumière du jour allège d'un cran mon angoisse. Le docteur qui me reçoit a la cinquantaine, des lunettes rondes derrière lesquelles de petits yeux bleus grands ouverts me scrutent immédiatement. Je me dis que ce doit être crucial pour le diagnostic, cette première observation du patient. Sans doute détecte-t-il là, à l'allure, aux gestes pour s'asseoir, à la fuite du regard, le degré de détresse de ceux qui entrent ici. Le sol est couvert d'un revêtement en plastique qui amortit les bruits et les chutes. Je m'efforce d'apparaître au plus calme mais dès le début de l'interrogatoire, peu ou prou le même que celui de Sainte-Anne et du psychiatre de ville, mes larmes coulent abondamment. Je lui dis que j'ai très peur de cet endroit, de ce qu'on va m'y faire, que même si je viens de mon propre chef je ne suis pas sûre de vouloir rester. Alors il me rassure, il fait parler son expérience, me dit que mon état est sérieux mais pas gravissime. Que tout mon corps s'est mobilisé, mis en tension pour m'empêcher de craquer, que je vis en quelque sorte sur mes nerfs depuis un peu trop longtemps. « Vous vous réveillez à 3 heures du matin depuis des semaines. Vous avez perdu du poids. Ce sont les symptômes de la dépression. Votre fatigue est telle qu'elle ne trouve pas de répit en quelque sorte. Quand on ne dort plus, le cerveau ne sait plus gérer. Il faut relâcher toute cette pression. Et pour cela organiser une rupture. La clinique, ce drôle de lieu j'en conviens, c'est la première rupture, on vous extrait du monde, oui, bien sûr. Et puis on va juste vous permettre de dormir, on va le faire avec du Tranxène, d'abord en perfusion puis en cachets. Vous allez sentir vos remparts, tous ceux que vous avez mis en place, céder. Ce sera indolore. Vous en avez besoin pour récupérer. Votre tension psychique est trop grande. On va commencer par ça. Cela va durer une petite semaine. Il n'y aura aucun traitement violent, juste ce calmant, qui est puissant mais nécessaire.

Ensuite on passera le reste du temps, sans doute deux semaines, pas plus, à mettre au point un traitement antidépresseur, avec des médicaments très courants. On va doser et vous verrez, quand vous sortirez vous irez déjà beaucoup mieux. On ne sort pas d'une dépression sans l'aide de la chimie. On décrie fort ces médicaments, mais vous ressentirez rapidement un mieux-être considérable. Et surtout n'oubliez pas : ici personne ne vous jugera, on est là pour vous soigner, on ne porte pas de regard sur votre vie. »

Le docteur a un sourire presque paternel en me raccompagnant à la porte, il appelle la dame et elle me conduit au dernier étage. Soudain j'ai très peur. L'étage est fermé et on n'y accède qu'avec un code. Une dizaine de portes, toutes closes, avec le fameux hublot en verre mi-sablé mi-transparent. Hypocrisie de cette demi-opacité. L'infirmière ouvre une porte et je reconnais ma valise, orpheline dans ce décor nu et passé. Je dispose en tremblant mes affaires dans un placard et un petit meuble bas des années quarante. Je pleure sans discontinuer. « Ne vous inquiétez pas madame, ça va aller. Vous allez vous détendre instantanément, et dormir. » Elle s'absente le temps que je me mette en chemise de nuit, la porte claque, je tourne la poignée mais elle ne s'ouvre pas. Lorsqu'elle revient en roulant la perfusion à ses côtés, je suis accroupie par terre, dos au mur et secouée de sanglots. « Allez, ne vous en faites pas. » Je lui dis que je fais un peu d'apnée du sommeil et que j'ai peur d'avaler ma langue et de ne plus pouvoir me réveiller pour prendre ma respiration. « Non, il ne faut pas s'inquiéter, on vous surveillera bien de toute façon, il faut y aller, je vous assure, c'est la seule chose qui puisse vous faire du bien. » Elle me prend par le bras et m'allonge sur le lit, je n'offre plus guère de résistance. Je tremble si fort qu'elle me maintient solidement le bras au moment de poser l'aiguille et le pansement. Le liquide coule et je m'accroche à elle comme une noyée, elle me caresse le bras, me tient par ses yeux, elle prend toute ma peur, elle la prend jusqu'au bout.

J + 3393

Le réveil est difficile. Comme quitter une longue plage de sable blanc et se retrouver pieds nus sur les galets. Chaque geste exige un effort. Je pèse des tonnes, mais toute tension a disparu. Ma conscience de la réalité m'a d'abord semblé balbutiante, cotonneuse. J'ai cru que mon esprit allait piétiner mais non, tout m'est revenu avec précision, tout ce qui date d'avant la perfusion. Depuis j'ai comme un trou, je me suis engouffrée dans le grand tunnel du sommeil et n'en suis sortie qu'avant-hier. Hier j'ai vu qu'on me changeait d'étage, c'en est fini de l'internement. Je réside à l'étage des gens libres. Je pourrais descendre à la salle à manger dès aujourd'hui si mes pieds n'étaient de plomb, et ma réticence à croiser les autres séquestrés immense.

Paul est passé ce midi, embarrassé de prime abord, puis rassuré par la cohérence de ma parole. Si tu avais des doutes sur cette prise en charge, Paul, tu aurais pu en faire part plus tôt… Allez pas de mauvais procès. Pour un séparé, il fait montre d'une compassion très au-dessus de la moyenne. Il n'a pas pu s'empêcher de venir avec son *Canard enchaîné* sous le bras, qu'il finit par ouvrir avec un brin d'avidité, à peine achevé le point sur mon état de santé. Je le reconnais, c'est bien lui, cette impatience jamais totalement contenue, ce besoin de passer à autre chose, de ne s'appesantir sur rien, d'être toujours en route. Cette vitesse qui l'a pris enfant sans doute, ongles rongés jusqu'au sang de devoir patienter pour vivre sa vie. Hâte d'éviter les fantômes et d'éluder les sujets lourds dans une famille meurtrie de drames. Une famille où les filles meurent avant vingt ans. Les sœurs de son père, ses cousines, parties, comme victimes d'un mauvais sort, maladie ou accident. Présences esquissées et dérobées. Et les yeux de son père encore voilés du regret de ces disparues. Paul a-t-il voulu retenir en lui un peu de cette féminité envolée trop tôt, qui avait le pouvoir de mouiller de larmes le regard paternel ? Une semaine de Tranxène m'aurait-elle éclairée sur l'identité de Paul ? Non, je le savais avant. Quelqu'un lui a-t-il déjà dit, quelqu'un d'autorité, surtout pas moi, qu'il ne fallait plus attendre pour songer à être lui-même ? Il a fait le premier pas, me quitter, mais pas le reste du chemin. L'épisode du magazine gay me revient en mémoire et je l'observe attentivement : son élégance aboutie, teintée de négligence calculée, la sophistication de sa conversation, de ses goûts, sa manière singulière de glisser sur ce qui est profond, grave, et de se mouvoir à la surface des sentiments et des pensées, cet évitement, toujours, de la gravité, physique et mentale, tout cela que j'ai d'abord aimé, n'est-ce pas qu'une parade, sa défense, sa façon à lui de dire à tous qu'il ne conviendrait pas d'aborder les vraies choses, celles qui sont douloureuses, celles d'une jeunesse où jamais sa différence n'a pu exister ? C'est comme si j'entrevoyais enfin, comme si je lisais à livre ouvert, pourtant les médicaments ne sont pas des exhausteurs de lucidité, plutôt le contraire, m'a-t-on dit, Abilify et Prozac de la vie en rose.

Il replie le journal, dépose un baiser doux et frais sur ma joue, allégé de son inquiétude, puis prend congé, et c'est à cela que je pense en le suivant des yeux jusqu'à la porte.

J + 3406

Paul est venu me chercher avec les filles et nous a laissées déjeuner toutes les trois dans le chalet du Parc de Saint-Cloud. Elles sont entrées dans la chambre avec appréhension, leurs petits visages tendus vers moi, à la fois pleins d'élan et d'angoisse. J'étais assise en chien de fusil sur mon lit avec un livre et la posture les a tout de suite convaincues : c'était bien leur maman, elle allait mieux puisqu'elle lisait, elle était en meilleur état que ce qu'elles avaient imaginé. Cela m'a serré le cœur violemment et en même temps leurs deux têtes sur mes épaules et les six bras enlacés, c'était tout ce dont j'avais envie, c'était mon bonheur. J'ai franchi le seuil de la villa avec une fillette à chaque main et un brin de surprise qu'on me laisse sortir aussi facilement. C'était donc vrai, je n'étais pas devenue folle, j'allais revenir à une vie normale.

Au chalet du parc, on a mangé des ailes de poulet frites avec les doigts et beaucoup d'entrain. Oui c'est cela : autant d'entrain qu'il m'était possible, et cela marchait bien, parce qu'elles m'avaient manqué, parce que je réalisais à quel point leur présence m'était vitale. Les petits évènements de l'école, les facéties des copines, elles racontaient avec application ce qui avait rempli leur vie durant ces deux semaines, masquant leur curiosité de ce qui m'était arrivé à moi, jusqu'à ce que l'aînée demande :

« Et toi maman, qu'est-ce qu'on t'a fait ?

— Rien, tu vois, on m'a juste fait dormir, pendant plusieurs jours.

— Et ça fait quoi ?

— Ça fait un grand relâchement, et même, ça soulage.

— Tu ne te souviens plus, alors ?

— Si, mais je me sens moins sous pression, et là on est en train de doser mon traitement pour la suite, et dans une semaine je suis avec vous.

— On va continuer à habiter avec toi maman ?

— Mais oui, pourquoi ?

— On se demandait.

— Papa vous a dit autre chose ?

— Non, c'est nous, on ne savait pas si ce serait possible, on n'était pas sûres. »

Je regarde Salomé, et je vois l'effroi de ses yeux me capturant sur le balcon, une jambe encore dans le vide. Il est encore là, derrière sa joie grave de me voir, comme un voile sur sa confiance, comme un doute. Elle va le porter longtemps, et je m'en veux si fort. Rose est indemne, elle n'a pas en elle cette image d'une maman qui bascule, Rose était en train de goûter chez son amie.

« Et ça te va, ça, qu'on continue à habiter ensemble ? »

Salomé me regarde en hochant la tête.

« Tu es sûre ?

— Oui. »

Et puis, de sa voix claire :

« Papa va prendre un appartement tout près, on ira aussi dormir chez lui le week-end.

— Oui, bien sûr, ma chérie, bien sûr… »

Rose est perplexe, la bouche entrouverte. Elle fixe sa sœur et je vois bien qu'elle s'en remet à son aînée.

Alors je prends leurs mains luisantes de graisse de poulet, je les serre tellement fort, je les regarde tour à tour, je souris le plus possible et mes yeux se remplissent de larmes et je leur dis cette phrase insensée, cette phrase trop grande pour elles, cette phrase coupable et irresponsable, celle que j'ai sur le cœur depuis qu'il est parti, cette phrase qui est une erreur mais en même temps la plus vraie de toute ma vie, tellement vraie que ça va se voir, que toute autre phrase aurait sonné faux, au-dessus des assiettes de frites et des verres de diabolo grenadine, dans la brise de septembre, et même si je sais qu'il ne faudrait pas, je ne crois pas une seconde que cela puisse leur faire du mal, alors au mépris des psys et des docteurs je la dis :

« J'ai besoin de vous, mes amours. »

J + 3410

Je l'ai vu arriver de loin. J'étais assise dans un fauteuil à l'extrémité de la terrasse, enveloppée d'une couverture, un livre sur les genoux, visage tourné vers le soleil d'automne. J'ai levé les yeux au moment où il s'est encadré dans la porte, sa haute silhouette hésitant au seuil de la terrasse. Roch. J'avais des doutes sur le fait qu'on l'ait laissé entrer. Normalement, seuls les proches qui ne perturbent pas le patient ont accès à la clinique. Comment était-il passé entre les mailles du filet ?

J'ai posé mon livre sur la table et me suis tournée vers lui, je n'étais pas certaine de vouloir le voir s'approcher, et en même temps j'en avais envie. Il a vu cette ambivalence, a pris le temps de la constater. Il a fait un pas, décidé, puis un autre. Il est venu vers mon fauteuil, je ne me suis pas levée pour l'embrasser, alors il est resté quelques secondes debout, très près, bien trop près pour un visiteur normal, il me dominait de toute sa hauteur. J'avais le visage levé vers lui et il me regardait intensément, avec une curiosité inhabituelle, scrutant sur mes traits, pourtant apaisés par le sommeil forcé, les signes encore manifestes d'un ravage. J'avais dans l'idée que peut-être un soignant s'apercevrait de son intrusion, et qu'on accourrait pour le reconduire à la porte, mais personne n'est venu. Gêné, il a tiré le siège voisin et s'est assis à mon côté, le bras de son fauteuil touchant le mien. Il s'est penché en avant les coudes sur les genoux, puis soudain il a pris ma main, comme s'il se jetait à l'eau, et il a répété : « Pardon, pardon, pardon… »

C'était facile et sincère pourtant. Ainsi il était venu. Qui lui avait parlé ? Si peu de gens savaient ce qui m'était arrivé, où j'étais. Deux personnes, au bureau, et encore, partiellement. Il avait donc dû s'exposer, se révéler suffisamment pour trouver le chemin jusqu'à moi. Je ne disais rien, ne le questionnais pas. Alors il s'est mis à me parler, sans me regarder, nous étions côte à côte, tournés vers les arbres du parc, ma main dans la sienne. Parfois seulement il se retournait vers moi, comme pour voir l'effet que produisaient ses paroles.

« Je suis défait, Marie, j'étais au bout de la culpabilité envers ma femme, et maintenant envers toi. Je me sens responsable. Je n'ai pas voulu ça, pas voulu toute cette souffrance, et pourtant j'en suis la cause. J'ai détruit ta vie de couple et je suis là comme un con, à rentrer chaque soir chez moi, à tourner en rond en regardant à peine ma femme, et à te chercher, ivre de manque d'abord, d'inquiétude ensuite, quand le silence s'est installé. Je ne vais pas te raconter comment je suis arrivé ici et tu t'en fous, mais j'ai eu peur. J'ai encore peur. Alors j'ai pris une décision, je ne peux pas la quitter car elle ne le supporterait pas. Mais je ne t'abandonnerai jamais. Je ne pourrai pas. Considère que je suis avec toi, pour toujours si tu veux. Je ne veux pas te voir comme ça, j'ai détruit ta gaieté, ton allant, peut-être même que je m'en suis servi pour conjurer ma noirceur. Alors je ne peux pas te laisser seule, je serai là, pas loin, tu vas aller mieux, je veux t'aider, être à tes côtés. »

Lui n'avait pas changé, pas bougé, presque pas, il devait être affecté, oui, d'une certaine manière. C'était gonflé, ce qu'il venait me dire, tant c'était inacceptable, mais il ne s'en rendait même pas compte.

Je ressentais une légère émotion, inoffensive, peut-être anesthésiée par la dose certaine de médicaments que j'absorbais, mais néanmoins ce n'était plus le feu qui me parcourait auparavant à son contact. Quelque chose avait changé, comme si, au cours des trois mois qui nous séparaient de notre dernière entrevue, s'était opéré en moi un éloignement, une sorte de rupture. Lui n'avait rien vécu de tout cela, n'avait pas enjambé un balcon, pas passé la nuit à l'infirmerie de la préfecture de police, jamais été interné à Sainte-Anne. Ma vie avait pris un tour d'intensité, pleine de rebondissements, en quelque sorte, de prises de conscience douloureuses mais salutaires. Lui n'avait ressenti que le manque et l'insuffisance de sa relation conjugale, le vide. Pour une fois l'écart entre nous m'était favorable, et me rendait moins vulnérable malgré les apparences, la clinique et tout le fatras chimico-médical. J'avais avancé. Il en était exactement au même point.

J'ai senti monter en moi un nouvel égoïsme, alors après son départ j'ai pris une décision, garder cet homme tant que j'en aurai besoin. Ce sera ma force dans ce qui m'attend, dans ce divorce. Il va me soutenir, il me doit bien ça. On verra bien s'il y arrive.

J + 3413

Dehors l'automne a pris le pas sur l'été. Je marche jusqu'à la voiture de Paul. Il porte une chemise exagérément ouvragée, et je lui demande s'il compte aller au bureau comme ça.

« Ben dis donc, t'as rien perdu de ta verve, tu vas mieux on dirait. »

Tout le long du trajet nous parlons des filles et de la façon dont nous allons procéder : un week-end sur deux, une soirée chaque semaine. J'élude savamment la possibilité de garde alternée :

« Tu n'es jamais là en semaine, tu voyages trop, je ne veux pas que les filles soient seules.

— Je pourrais m'arranger pour ne pas voyager ces semaines-là... »

La phrase reste suspendue. Je le surveille à son volant. Il hésite à me contrarier dès la première demi-heure. Je savoure mon nouveau pouvoir de rescapée de la TS. Pas très glorieux, mais efficace.

Paul me dépose au bas de l'immeuble, il a déjà emménagé ailleurs.

« Tu as pris des affaires ?

— Non pas encore. Mes vêtements seulement. On a le temps non ?

— Oui bien sûr. »

Dans le hall, l'ascenseur est en panne, mais Paul est déjà parti. Je mesure à mon essoufflement la fatigue insidieuse qui s'est accumulée en moi. Elle est toujours là. Lorsque j'entre dans l'appartement, je vais directement dans les chambres des filles, sentir leurs affaires, leurs petites odeurs corporelles restées sur leurs vêtements, leurs peluches, leurs couettes, et il me vient enfin un soulagement.

J + 3435

Des bras m'ont enlacée à nouveau, ce soir. Il a demandé pardon, pardon, pardon, à nouveau. Au cœur de l'étreinte, le mot est venu rythmer ses assauts.

Après l'amour, je me suis demandé si je lui avais pardonné. La réponse était claire : non. La mise à distance n'équivaut pas au pardon. Et elle l'empêche sans doute. Pour pardonner il faut avoir le cœur chaud, trempé de bienveillance à l'égard de celui qui se repent. Il y faut une bonté, une générosité, et ce n'est pas cela qui m'anime. Non, mon enjeu est ailleurs, dans la reconquête d'une solidité, dans la diminution de ma dépendance affective, dans l'apprivoisement d'une solitude partielle, mais plus dans le don, plus dans cet amour sans condition dont j'ai exploré, avec lui en tout cas, les voluptés et les tourments.

J + 3623

À mesure que je vais mieux, Roch va moins bien. Ce phénomène de vases communicants m'embarrasse. Je pense que le véritable amour ne doit pas distribuer ainsi les points et moyenniser le mal-être de l'un et le mieux-être de l'autre. Comme si l'un avait à se refaire sur le dos de l'autre. Au fond de moi traîne cette moche lucidité, et elle pointe le défaut d'amour.

Mais il a bien des raisons de marquer le pas, l'amant. Que se passe-t-il dans la vie d'un homme lorsque ses certitudes professionnelles vacillent, quand le succès fait soudain place à la difficulté ? Il me semble que désormais, presque tous les hommes sont un jour confrontés à ce moment délicat, à ce vertige du doute. Pour Roch, c'est venu brusquement, à la faveur d'un changement dans son entreprise. Rien n'était prévisible, en quelques semaines la roue a tourné. Ses nouveaux patrons ne voient pas ses qualités, s'en moquent et ce qui faisait de lui auparavant l'homme providentiel – sa connaissance du sujet, sa conscience professionnelle, son perfectionnisme – ne lui est plus d'aucun secours. Il lui faudrait un sens politique aigu, une bonne dose de perversité, une forme de distance froide, qui lui font défaut. Son entreprise, une des grandes du CAC 40, est en proie à un cataclysme. Elle liquide ses propres forces à tour de bras, dans une tourmente de primes de départ, de parachutes dorés, et de bassesses. Ballotté par cette tempête, Roch chancelle. Ses alliances passées deviennent précaires quand elles ne s'effondrent pas. En crise, les entreprises deviennent des théâtres tragiques, des champs de bataille cruels, entraînant dans leur folie meurtrière les anciens collaborateurs qui faisaient jadis leur fortune. Roch manque de recul et de souffle. Dans la clarté trompeuse des open spaces, derrière les portes grises des bureaux aquariums, se trament de nouvelles guerres pour les hommes et désormais les femmes. Leurs dégâts sur l'espèce se compteront bientôt en morts mais déjà en ordonnances d'antidépresseurs, d'anxiolytiques, en hospitalisations pour burn out. Roch évite de justesse, ces temps-ci, les coups décisifs. Sa mine se renfrogne, ses traits se figent dans des mimiques de défense, l'éclat solaire de son regard se voile en permanence de fatigue, et parfois l'ombre de la peur passe sur son front. Au milieu de mon divorce, et malgré mon égoïsme rampant, je me prends à l'aider. Son lien au travail, même s'il se révèle invasif auprès de ceux qu'il côtoie, tournant parfois à l'obsession, m'a toujours touchée. Je m'aperçois qu'à l'inverse des épouses éplorées et oisives qui attendent le soir en pestant le retour de leur mari, j'aime les hommes qui travaillent, cette grosse capacité de labeur et d'application, ce dévouement indéfectible, décriés comme allant de pair avec la fascination du pouvoir ou un ego ronflant, alors qu'à bien y regarder, ce goût du travail est parfois plus pur, plus innocent. C'est le cas chez Roch. Non qu'il soit dénué d'ambition, mais son amour du travail se révèle supérieur, c'est cela qui finit toujours par m'émouvoir. L'application de certains êtres humains à leur travail est un des spectacles les plus réjouissants qui soient. L'énergie des gens à la tâche lorsqu'elle leur plaît est souvent sans rapport avec le profit qu'ils en tirent, j'ai remarqué cela partout dans le monde, chez les artisans comme chez les publicitaires. Il est impossible de ne pas être sensible à ce don, à ce qu'il peut accomplir. Je suis persuadée que c'est une des caractéristiques les plus nobles des hommes et des femmes. Sans doute le capitalisme finira-t-il bientôt par achopper sur son incapacité récurrente à la récompenser avec équité, on pourrait l'espérer désormais. Roch fait partie de ces êtres dont la vie tout entière s'est construite sur une haute idée du travail. Le fait qu'aujourd'hui, sa générosité en labeur échoue à lui assurer la considération d'autrui est une blessure profonde et grave, je le sens. Cela le torture. Chez lui, il doit rester un héros du business et de la carrière, le plus longtemps possible. Ses ennuis ne doivent pas percer, c'est entendu. En lui subsiste la fierté du *pater familias*.

Il n'a pas cette pudeur avec moi. Je deviens donc sa confidente de travail, me charge de recueillir le poids du malaise quotidien que lui distille cette situation aberrante. On dit peu le pouvoir de destruction humaine des luttes intestines aux entreprises. Il faudra bien, dans les décennies qui viennent, livrer ce combat : tempérer l'instinct de guerre, qui a trouvé là un terrain fertile et y sévit impunément ou presque, réguler la soif de pouvoir des forts et l'éviction systématique de ceux qui faiblissent, la dégueulasse et primitive prédation. Roch déverse à mon oreille la misère qui le ronge. Elle s'immisce jusque dans nos étreintes ; il donne peu, trop préoccupé, et moi finalement davantage, sans croire à l'efficacité de cette thérapie. Nous nous retrouvons chez lui, dans un appartement qui me paraît entièrement gris, où il a élu domicile avec sa fille encore étudiante, et sans son épouse, chargée d'établir la base de leur foyer là-bas, dans ses terres ligériennes. Leurs meubles, leurs objets ont migré, et il vit ici dans un certain dénuement. Celui du XXIe siècle s'entend : Internet, écran plat, iPod, machine à expressos. Me frappe ce talent particulier de l'être masculin à recomposer dans son foyer un environnement technologique jouissif, à marier la technologie la plus pointue à une vision spartiate et néanmoins confortable de l'existence. Ainsi Roch a-t-il réduit ses besoins à un canapé moelleux, et un tapis de longs poils blanc cassé, où s'emmêlent nos orteils et où nous finissons par choir de concert après avoir fait l'amour au rythme de sa playlist, que diffuse une paire de minuscules enceintes à la sonorité claire et précise.

Peau de bête et iPod, l'homme moderne oscille ainsi entre son plaisir et ses ennuis de boulot. Avant l'amour nous les avons examinés de près, disséqués, retournés.

Nous avons allumé puis éteint de nouveaux feux, évalué ensemble les possibilités de piège, les menaces et les opportunités, celles que classent dans une matrice à quatre entrées dénommée SWOT (Strengths, Weaknesses, Opportunities and Threats) les cabinets de conseil en stratégie. Me reviennent quelques souvenirs d'une vieille et imprécise lecture de Clausewitz, qui me paraissent d'une pertinence toute contemporaine pour la vie en entreprise.

Mon grand guerrier repose sur le flanc, il a baissé sa garde. Je suis lovée les fesses contre son sexe mou et humide, douceur infinie de ce contact. Me revient l'idée que toute pudeur vis-à-vis de moi l'a quitté, tout orgueil même. Pour preuve, nos conversations répétées sur son désarroi professionnel. Comme s'il ne se gênait plus pour tomber les masques, comme si entre nous cela n'avait plus d'importance, ces histoires d'image de soi. Je me rappelle qu'au début nous nous préparions pour nous rencontrer, il me fallait du temps, et à lui aussi, il ne négligeait rien. Ariane et Solal, pensais-je alors. Avant de le rejoindre, encore maintenant, je m'enferme toujours un long moment dans les toilettes du bureau, troque mes collants pour des bas, change parfois de robe, me parfume et me remaquille, anxieuse de ne pouvoir être aussi fraîche qu'à la sortie de la douche. C'est de son côté que cela a changé. Il m'invite à la sortie du travail, l'odeur de sa journée lui colle au corps, son haleine dit la fatigue. Cela me saute aux yeux : la disparition progressive de l'enjeu. Quel enjeu ? Celui de plaire. Il n'a plus rien à défendre.

Dans le salon obscur nous parviennent les lumières et les bruits de la ville qui nous enserre, lente à s'endormir comme un animal trop nerveux. Je guette sur le visage de Roch les signes du sommeil, son épuisement le projette dans l'inconscience. Je retire sa main de mon ventre, décolle ma peau de la sienne, puis me dirige en silence vers les toilettes. Assise sur la lunette des W-C, mon regard accroche sur le carrelage deux boîtes de Tampax ouvertes, « normaux » et « super ». Elles sont posées là, dans un coin sur les carreaux gris, tout près de la porte. Personne ne les a oubliées ici, elles sont là à dessein, bien rangées, le couvercle de carton soigneusement refermé dans la petite encoche. La position des deux boîtes, adossées l'une à l'autre, placées là en libre-service, offertes à toute main féminine qui se trouverait ici en période menstruelle, me fascine, me bouleverse. Je n'ai jamais vu cela dans les toilettes de quiconque : cet arrangement, cette disponibilité avérée, quasiment publique, de ces petits accessoires féminins habituellement cachés, ou remisés, plus ou moins négligemment, loin des regards des tiers. Avec Roch vit une très belle jeune femme de vingt ans, la cadette de ses filles, dont il m'a à plusieurs reprises raconté la fragilité, le besoin de contrôle, la soif maladive d'organisation. Elle a placé là ces deux boîtes, c'est elle. C'est elle dans cette volonté touchante de prévenir l'écoulement du sang, de maîtriser ce flux dont les femmes savent que toute leur vie il les surprendra, que leurs stratagèmes les plus fous pour dompter son arrivée intempestive échouent un jour lamentablement, dans la souillure irrémédiable de sous-vêtements précieux, dans les taches sur des jupes immaculées. À cet effort à juguler l'inattendu, il me semble reconnaître une volonté définitive : ne laisser place à aucun hasard, même pas à celui de l'abondance du flux. Super ou normal. Parer à ce débordement, à tout débordement. Quelle brèche cherche-t-elle ainsi à colmater ? Se situe-t-elle vraiment chez elle, cette faille dangereuse ? Ou plutôt ailleurs, au sein même de cette famille, chez son père ? Il me semble tout d'un coup qu'elle sait. Oui elle sait. Cela est certain. Je me rhabille dans le noir. L'enseigne en face de l'appartement éclabousse de lumière crue la joue de Roch endormi. Je m'éclipse et hèle un taxi sur l'avenue.

J + 3646

Je rejoins Roch à déjeuner sur le bord du canal Saint-Martin. Je le laisse évacuer ses soucis de la matinée. En quelques heures, il en a accumulé une quantité nouvelle et considérable. Son esprit habituellement ingénieux erre dans un dédale de questions. Moi qui ai un goût pour la simplification des problèmes, pour le jaillissement de la pensée, du rationnel limpide et triomphant, je m'arrête au seuil de cette complexité. Au milieu du repas, alors que je sens la conversation s'enliser dans l'absence de solutions pour son boulot, je prends sa main par-dessus la table :

« Raconte-moi ta fille. Raconte-moi son malaise d'il y a quatre ans, tu ne m'as jamais vraiment dit. Qu'est-ce qu'elle avait ? »

Il baisse les yeux, regarde à droite puis à gauche vers nos voisins occupés à déjeuner dans le soleil d'hiver.

« J'ai du mal à en parler, tu sais bien.

— Oui. »

Je ne lui dis rien de plus. Une minute passe. Il pose sa fourchette au bord de l'assiette, les mots lui viennent, précis, ordonnés :

« Elle s'est d'abord mise à vomir avant d'aller à l'école. Chaque matin. Elle prenait son petit déjeuner presque normalement. Puis, le plus souvent, avant de partir, fonçait dans les toilettes. Parfois je réussissais à l'embarquer dans la voiture pour le collège avant la nausée. Mais un jour, alors que je prenais un café avec elle devant son collège, en attendant l'heure, elle a vomi sur la table, là, devant moi. Au moment des autres repas, elle avait pris l'habitude de tout peser, de diviser, de couper les morceaux de pains en petites mouillettes comme pour manger un œuf à la coque, et de les compter. Elle séparait aussi le gras du maigre, dans le jambon blanc. Je crois que cela fait plusieurs années, en fait, que je ne l'ai pas vue manger de dessert, qu'elle adorait, avec appétit. Au bout d'un moment, elle avait tellement maigri, elle a passé presque un mois en clinique.

— Et maintenant ?

— Maintenant ça va. Un jour elle a jeté tous ses médicaments et ses ordonnances à la poubelle, mais elle contrôle encore tout. Elle a regrossi, s'achemine vers un poids normal. C'est fragile, elle voit un nutritionniste.

— Tu penses quoi ?

— …

— Ça vous a rapprochés, ton épouse et toi.

— Oui.

— Je comprends. »

J'avais donc raison, sur tout : la panique de l'adolescente, sa vision effarée du couple déliquescent de ses parents, de son père parti ailleurs, l'impérative nécessité de tenter quelque chose, de protéger sa mère, de figer son père dans le devoir, et de verrouiller leur couple. S'exposer, se mettre en danger, vite, et réveiller l'instinct de protection d'un Roch désemparé, atteint dans sa chair. Une liane si fine pour les attacher ensemble, tous les trois, si fine mais si solide. Une liane magnifique, d'un mètre quatre-vingts et quarante-cinq kilos, au teint de porcelaine, à la chevelure rousse évanescente, de celles qu'on voit dans les magazines.

J + 3983

Huit mètres carrés, une chambre de bonne prêtée par un ami, c'est là que nous nous retrouvons désormais. Du Velux, on voit le dôme du Panthéon tout proche, je tends mon cou, debout sur le lit.

Je lui dis :

« Toi, tu sais où sont les grandes femmes ? Avec les grands hommes ?

— Là, j'en vois une. »

Il fourre sa tête sous ma jupe.

Je ne sais que penser. D'un côté, cette chambre d'étudiant redonne à nos amours déjà vieilles de plus de dix ans un regain de jeunesse. Dans ce quartier où j'ai traîné adolescente, j'ai une disposition sans partage à la gaieté. Pourtant, rien n'est normal dans huit mètres carrés.

Du sac en plastique, je sors tout l'attirail d'un pique-nique, assiettes en papier, verres en plastique transparent, couteaux et fourchettes jetables, plus un couteau suisse dont j'exhibe la lame tire-bouchon. Il s'en saisit et l'instant d'après, goûte le chianti acheté chez l'italien du bas. J'aime cet endroit de Paris que le tourisme n'a jamais complètement réussi à dévoyer, grecs, italiens, et faiseurs de kebab ne s'y trompent pas, c'est bien là qu'on est le mieux, entre Jussieu, Saint-Germain-des-Prés et le Luxembourg. Un festin s'étend maintenant à nos pieds, boîtes de feuilles de vigne, de rouleaux de jambon fourrés au fromage de chèvre, de chorizo, salade de tomates cerises avec des billes de mozzarella. J'ai convoqué la Méditerranée, le chianti nous bouscule sur le matelas, et Roch me prend au milieu des couvercles de boîtes huileuses. Putain je pense, on pourrait ne pas être si loin que ça du bonheur. On pourrait.

De mon côté ma nouvelle liberté de divorcée m'allège, me soulage au moins de la duplicité, même si elle charrie toute une boue qui colle à mes pieds et à ceux de mes filles.

Roch, lui, sort peu à peu de sa traversée du désert professionnel. Il reprend du poil de la bête, mais un souci chasse l'autre et l'entreprise angevine de sa femme donne des signes de faiblesse. Il sait qu'il ne peut flancher, qu'il en va de son couple, de sa santé mentale à elle. Il se découvre fort, les épaules assez larges pour renvoyer une à une les balles qui fusent : difficultés de trésorerie, désengagement des associés, stocks, redéfinition de l'assortiment, il a les solutions. Ce faisant il la protège, d'elle-même avant tout, du sentiment d'échec qui monte, du bilan de la cinquantaine, de la solitude d'après le départ des enfants, de la ménopause. C'est beaucoup, trop, il le sait mais n'en a cure. J'en viens à penser que notre amour ne lui est plus qu'une distraction, qu'il s'agit là, dans ces huit mètres carrés, de divertissement, quand l'essentiel est ailleurs. Parce que je porte un soutien-gorge jaune poussin je crois qu'aujourd'hui encore j'ai pleinement atteint l'objectif d'« entertainment », comme dit mon ami qui travaille chez Disney. Oui, les feuilles de vigne, la soie jaune, tout cela s'avère réjouissant, et puis je vois bien qu'il ne cherche guère à résister, qu'il sait que ça va mal finir, mais qu'il a un jour solennellement pris un engagement *ad vitam* dans l'enceinte d'une clinique psychiatrique et qu'il s'y tient.

On a tellement chaud après l'amour qu'il faut finir le chianti, et ouvrir grand le Velux pour respirer l'air de la montagne Sainte-Geneviève. À mes pieds, les grands hommes dorment tranquillement, et je pense soudain que non, que je ne veux pas de ce confinement, que mes horizons n'ont pas rétréci au point de s'en contenter, que j'étouffe ici, et dans ses bras, et dans cette chambre, et j'éclate en sanglots et je le lui dis, et soudain je le regarde à mes pieds, il gît en position fœtale, et je ne vois que silence, impuissance et résignation. J'arrête instantanément de hurler, je me rhabille très vite, et je m'enfuis en reniflant : j'ai senti monter quelque chose que je hais, la pitié.

Dans l'attente on a le temps.

J'ai eu le temps de le voir commencer à voyager, avec une autre que moi, puis y prendre goût, puis avoir des endroits de prédilection, très lointains, et y retourner. J'ai eu le temps de lui parler des lieux que j'aimais, et de l'y voir partir – Venise, Florence, Rome… – et en revenir.

J'ai eu le temps de voir ses filles grandir, par photographies interposées, passer leur baccalauréat, commencer des études, les finir, faire des stages dans des bureaux où je travaillais. J'ai eu le temps de les regarder, de les trouver belles.

J'ai eu le temps de voir nos corps changer, imperceptiblement. Quelques cheveux blancs dans le jais, puis davantage, l'adoption d'une coupe ultracourte, presque rase, pour minimiser l'impact de ce changement et lui donner une esthétique. Un brin d'embonpoint de l'un ou de l'autre, suivi d'efforts et d'un retour à la minceur. Des plis, des rides, des affaissements, envers lesquels on est d'autant plus charitable qu'on aime. Et puis des traces plus profondes, celles des douleurs qui ne guérissent pas, des anges qui ne passent pas, des nuits et des jours indistincts, des fatigues avalées jamais récupérées.

L'ATTENTE

J'ai eu le temps de faire des enfants, de les élever : ces années qu'on dit si courtes, et que j'ai trouvées longues, non parce qu'il me tardait de les voir passer mais parce qu'il m'a semblé, en regardant mes filles grandir, qu'il fallait tellement de temps pour tout – se redresser, parler, apprendre, s'approcher des autres, se connaître seulement un peu – et que tout était si lent, que l'humain ne procédait que de petits pas, d'imperceptibles apprentissages, de progrès indicibles, qu'on pouvait aussi bien ne rien voir changer, surtout avec ses plus proches.

J'ai eu le temps de voir un homme mûrir, de voir une femme devenir femme.

J'ai eu le temps de voir un homme se projeter passionnément vers une femme, et se vouer entièrement et de plus en plus à la sienne. J'ai vu cette contradiction s'épanouir et se délecter d'une dualité jamais résolue.

J'ai eu le temps de grandir, et de rester une petite fille. J'ai eu le temps de penser, et de réfléchir à tout ce qui se passait. On dit qu'on ne l'a pas, mais on l'a. On l'a tant qu'on veut.

J'ai eu le temps de m'ennuyer comme les enfants qu'on laisse jouer seuls sans leur proposer d'activités.

J'ai eu le temps d'aller et de venir chez le psychologue et le psychiatre, de tendre la main vers cet indécent paquet de Kleenex posé si près du fauteuil qu'on n'a même pas d'effort à faire pour s'en saisir. Puis de savoir d'avance ce qu'il ou elle allait me dire, et de ne plus y aller parce que je n'avais plus le temps.

Tout ce temps que j'ai eu, jusqu'à ce que je n'en ai plus. À la fin de l'attente je suis devenue pressée.

J + 4197

J'aurais pu ne rien dire à Miami. En rester là. En rester à son désir lorsque la porte de la chambre s'est refermée sur le bagagiste. Mais il m'avait déjà attrapée, attirée contre son torse, il avait déjà déboutonné mon cardigan, mon jean, le sien. Il avait aux lèvres le sourire de celui qui prend le droit d'aller trop vite, parce que c'est déjà entendu, qu'on aime ça tous les deux.

Ce désir si vigoureux après les neuf heures d'avion, l'attente à la douane, les embouteillages sur le pont qui mène à South Beach, et surtout les douze ans de notre liaison, je l'ai d'abord aimé. Un empressement oui, encore, peut-être parce qu'on se touche moins souvent, à peine une fois par mois désormais. De son corps j'ai tout reconnu, les détails qui m'obsèdent et me rassurent : le léger hâle de sa peau de brun qui résiste à l'enfermement des mois d'hiver, ses épaules athlétiques sans le sport, la poussière qui se love dans son nombril de fou de la propreté, pour lui rappeler comment il finira, les deux creux symétriques au bas des reins, la toison qui court de ses fesses à ses jambes comme sur un animal. Une beauté solide, sûre, qui ne le trahit guère malgré l'avancée de l'âge. Quand il est entré en moi, j'ai retrouvé, pour un temps, la certitude de la fusion, celle qui résulte de l'entente sexuelle longue et patentée, celle qu'on pourrait valider d'un certificat, l'Iso 9001 de l'amour. Ce moment dans la chambre à Miami, c'était d'abord comme une gourmandise.

Puis la question est revenue, lancinante : pourquoi n'arriverais-je pas à me satisfaire de ce va-et-vient ? C'est donc cela, après douze ans, s'aimer, ce frottement des chairs, dans lequel, m'a-t-il expliqué maintes fois, on ne se trouve bien que lorsqu'on est sincère. Sinon on a envie de fuir, de se décoller tout de suite après l'éblouissement. Vite s'en aller. C'est ainsi m'a-t-il dit, quand on n'aime pas, on s'écarte juste après, on se demande pourquoi on est là, même, et l'urgence de séparer les corps monte en vous comme une peur panique. C'est ainsi m'a-t-il raconté, ne t'inquiète pas. C'est vrai qu'il ne part jamais après la jouissance, il bouge lentement pour me redonner du plaisir, enfin il sort comme une toute petite chose, à pas de loup, puis il reste tout près, là, à deviser.

Je lui ai dit : « Moi, je ne laisserai jamais entrer une personne que je n'aime pas », même quand le temps de l'amour sera passé et mon corps en jachère. L'amour pour une femme c'est déjà accepter en soi une souillure. Il faut aimer de l'autre jusqu'à ses sécrétions pour le laisser faire sans crainte, sans dégoût. Je lui ai dit cela comme si j'allais bientôt devoir me préoccuper d'autoriser un autre à entrer.

Il m'a répliqué que cette histoire des corps amoureux s'accommodait mal de la vie de couple. Il le pense comme tant de garçons. Moi je ne le crois pas, il ne m'a jamais convaincue, j'aime le quotidien de la vie, je m'arrange bien avec cela, je lave, je nettoie, je pourvois à chaque chose pour qu'il ne reste que la part d'agrément, je n'ai pas le fameux problème des chaussettes sales. Avec moi on ne les voit jamais. « Et puis tes chaussettes sont aussi réelles pour moi que pour ta femme, non ? Elles ne se dématérialisent pas quand tu poses la main sur moi. C'est une histoire que les hommes racontent à leurs maîtresses pour qu'elles ne s'avisent jamais de devenir leur femme, pour qu'elles croient posséder le meilleur et non se contenter des miettes. » Mes mots ne lui ont inspiré qu'un sourire incrédule.

Après le plaisir, il a regardé la chambre de son œil d'amateur de design, touché les objets, la tête de lit, a fait le tour du propriétaire : ce serait donc ça, le lieu de ce week-end, le premier en douze ans, la seule échappée qu'il nous ait autorisée. Le verdict est tombé : pas de faute de goût. Pourquoi m'étais-je tant inquiétée, à Paris, du choix de l'hôtel ? Des heures sur le Net, il m'avait dit je m'en fous, mais je savais que ce n'était pas vrai.

Moi aussi j'ai jaugé la chambre, quelque chose me gênait.

À la réception, le garçon avait regardé nos deux passeports, l'un de nous était marié avec quelqu'un d'autre. Puis il nous avait surclassés parce qu'il aimait l'idée de la France, et peut-être bien de l'adultère à la française. Il m'avait détaillée avec insistance, avait vu les mèches échappées de ma queue-de-cheval, mon sac à main un peu désordonné, le faux négligé de la Parisienne, repérable dans le monde entier, et s'était raconté que j'étais française. J'avais failli lui dire : oui, chez nous on écrit de jolies histoires sur l'adultère, avec une légèreté, une grâce, un charme hérités des alcôves versaillaises. En Amérique, on en fait une tragédie, la fin du monde comme dans *Fatal Attraction*.

Il m'avait rendu le passeport, en un geste de complicité discrète. Garder ce passeport avec mon nom d'épouse accolé au mien alors que mon époux s'est envolé depuis si longtemps, me procure une forme de sécurité, de confort même. Aux douaniers importuns, aux réceptionnistes d'hôtel, aux banquiers, au personnel au sol d'Air France, le passeport raconte qu'un homme se tient à mes côtés.

On nous avait donc conduits dans cette petite suite. Tout avait été choisi avec soin. Dans une niche noire trônait une commode haute néo-Régence avec des dorures et un plateau en marbre rose, enchâssée derrière une vitrine et éclairée comme une œuvre d'art. C'était une idée américaine, un peu irrespectueuse, avec de l'esprit, nous nous étions accordés là-dessus. J'ai cherché ce qui n'allait pas, et je ne lui ai rien dit : c'était simplement une tristesse, une mélancolie dans la lumière. Je suis allée à la fenêtre, le soleil se couchait sur les immeubles blancs, les grandes ombres des palmiers, les parkings à haut grillage, les feux rouges en suspens au-dessus des rues, les enseignes tapageuses et les arrière-cours sordides des restaurants à la mode, ce paysage de l'Amérique de toujours, celui de Hopper et des Experts. De la fenêtre, la vue embrassait une illusion, une vanité, belle et poignante comme le dernier sourire d'une Marilyn : c'était cette petite misère du dehors qui entrait dans la chambre et vous serrait un peu la gorge. L'impression était puissante : de la baie vitrée elle pénétrait dans le salon de la suite et s'immisçait du côté de la chambre.

Il s'est levé content du lit de l'amour. Puis est venu ce moment que je redoutais : celui où, nu encore, il a sorti ses affaires de sa valise, ses vestes, pantalons, chemises, déjà classées à l'intérieur. Il le fait toujours avec préciosité, un air de gourmet satisfait qui m'insupporte. Cette part de soi qu'il me livre, c'est peut-être la plus intime. Curieux de penser que c'est celle que j'aime le moins, alors que je l'aime, lui, enfin oui. Je n'ai jamais pu le regarder ranger sans gêne. Je n'assume pas d'être tombée amoureuse d'un maniaque. Pourtant quel progrès, un homme qui range. J'aime les choses ordonnées mais je ne veux pas voir le travail qui préside à leur belle harmonie. Ce goût de l'ordre, dévoilé sans pudeur, c'est presque obscène. Sans doute me choque-t-il car il se situe ailleurs chez lui, du côté de l'homme marié, de ses gestes quotidiens, de son foyer, et que j'en suis exclue. Notre relation à nous est désordre, folie ; c'est la seule chose non rangée qu'il tolère dans sa vie.

Je me suis détournée et j'ai suspendu mes robes à contrecœur, sans entrain, avec une rudesse ostentatoire, comme pour lui montrer qu'on pouvait faire autrement, se détacher un peu plus de cette matérialité sans importance, de « ses petites affaires », mais il n'a rien vu. Puis j'ai refermé le couvercle de ma valise à demie défaite.

Nous nous sommes lavés de l'amour et de l'avion – pas ensemble dans la douche comme nous le faisions parfois, non, cette fois séparément – et sommes réapparus somptueux, lui en chemise blanche et pantalon anthracite, moi dans une blouse en soie ivoire et un pantalon noir. Dans la glace, nous nous sommes regardés ensemble en nous trouvant assortis.

Un dîner et une journée ont passé. Sans doute parmi les plus heureux de ma vie. Nous ne nous étions jamais permis d'escapade de plus d'une nuit. Jamais en douze ans nous n'avions volé à nos vies respectives plus de vingt-quatre heures pour les passer ensemble. Tout m'a semblé long, c'était incroyable, tout ce temps, c'était voluptueux. En vivant un peu avec lui ces deux jours, je prenais conscience, malgré mon déni depuis la TS, de mon attachement profond, de ce lien qui s'était tissé, avait certes changé, mais ne s'était jamais défait.

Miami avait bien l'allure d'une ville de la fin du monde, magnifique et tragique. Stupre, drogue, une cité vautrée dans les turpitudes de la planète, lancée dans un ciel d'illusions comme un avion sans pilote. Une belle fille en manque, émouvante dans sa fragilité. Un endroit où l'adultère était dans son élément. En nous promenant, nous n'avions pas la même retenue qu'à Paris.

Il nous a fallu une journée pour faire le tour de quelques pâtés de maisons et cette lenteur me convenait. Il a fait des photos en cherchant des angles, une perfection, mais j'ai aimé l'attendre, je le regardais songeur et appliqué, devant les façades arts-déco, leur rigueur mêlée de fantaisie balnéaire, leur gaieté, les clins d'œil enfantins des architectes.

On marchait sans but sinon celui de faire un tour. En douze ans, nous avions si peu fait de tour.

C'est le troisième soir que tout est arrivé. Le troisième soir, nous avons rejoué *Belle du Seigneur*. Ariane et Solal, dans leurs habits de lumière, en plein mythe, obligés à la perfection, saisis dans leur quête vaine de l'image de l'amour, de sa vertigineuse beauté, de son impossible esthétique, et pétrifiés dans leurs artifices.

Au restaurant du Sagamore, sur les fauteuils de Skaï blanc, il s'est soudain indigné de la vulgarité des gens tout autour. Je lui ai dit : « On est à Miami, pas au Cap Ferret. » C'était mon anniversaire mais il m'a parlé de son sens des convenances, du danger de les perdre, de leur importance pour que la civilisation perdure. C'était à la fois intelligent et grotesque. J'ai baissé les yeux sur mon assiette, il a continué sans voir que j'étais partie, que je nous regardais comme de l'extérieur, assis désespérés à cette table, comme un vieux couple, voilà, on en était là.

Jusqu'à ce que je casse le miroir, que je ne supporte plus le reflet dont je venais de dire, comme tant de fois : tu ne trouves pas qu'on va bien ensemble ? Non, on ne va pas bien ensemble, on ne va pas ensemble du tout. Depuis douze ans, cet adultère parfait, ce n'est qu'une pauvre vie, une vie au rabais. Voilà, depuis le temps que j'étais libre et que je supportais cela, sa double vie, sa réconciliation pour toujours avec sa femme après des années fragiles, les années de notre passion et de ma toute-puissance. Je lui ai dit tout cela et puis encore : « Quelles convenances ? Tu trompes ta femme depuis douze ans et tu me parles de convenances ? Tu es bigame, il y a longtemps que tu les as piétinées, les convenances. » Cela l'a choqué mais il n'a pas nié. Il m'a simplement répondu : « Je l'ai fait pour toi, pour que tu ailles mieux. Mais que sais-tu de moi ? » J'ai dit « tout » et j'ai pensé « rien ».

Après le dîner j'ai regretté, j'avais gâché la soirée. Il ne s'était pas intéressé à la femme devant lui mais bien plus à toutes celles autour, celles qu'il avait trouvées vulgaires, dans leurs robes blanches qui moulaient des corps bronzés et impudiques. Au fond de ses regards lourds de mépris, j'avais aussi lu la fascination. C'était mon anniversaire et mon amant de douze ans, mon amour, ne savait plus me regarder. J'aurais pu me raisonner encore : qu'ai-je à faire de tout cela ? Rien qu'un dîner raté. Je suis seule, libre, cet homme me donne du plaisir quand j'en veux. Que demanderais-je de plus ? Mais non, cela ne s'est pas passé ainsi. J'ai repensé au va-et-vient, je n'ai pas pu réduire ma vie, mon immense demande d'amour, à cette séquence mensuelle d'oubli des corps l'un dans l'autre.

Je lui ai dit : « C'est cela qui est vulgaire. »

Il m'a regardée comme si j'étais folle : « Pourquoi dis-tu cela ? Rien n'a jamais été vulgaire entre nous. » Je l'ai laissé se rapprocher de moi pour me calmer, nous avons fait quelques pas au dehors, en nous tenant la main. Je savais que c'était la fin. Au Delano, nous avons vu sur des canapés des filles sublimes aux robes remontées jusqu'aux fesses, allongées contre des hommes ordinaires, offertes et saoules. Il m'a demandé si je voulais boire un verre. J'ai dit non, que je ne tenais pas à être l'une d'entre elles. Il m'a serrée plus fort. Je lui ai parlé de l'époque, de ce drôle de temps où partout sur la planète, on écoute la même musique, on boit les mêmes alcools, on aspire au même sexe, à la même drogue.

Nous sommes montés dans la chambre et je lui ai crié mon refus. Je ne voulais pas de la place qu'il m'avait donnée, la place éternelle des maîtresses, des amantes, des putains, celles dont on veut bien pour le plaisir mais pas pour le reste. Il m'y avait emmenée de mon plein gré, lentement, mais sûrement, au fil de ces années, un pas après un autre, mais arrivée sur place je n'en voulais pas. J'étais lucide, j'avais mis du temps avant de comprendre qu'insensiblement, on avait bougé. J'avais inventé des surprises, des lieux, des occasions, pour que chaque heure que nous passions ensemble lui paraisse plus forte, plus intense. Qu'il en sorte dérouté, charmé. Que jamais ne vienne l'habitude. L'entreprise était vaine et m'avait épuisée. J'avais trouvé en moi des trésors de patience et de créativité, y compris sexuelle. Je lui ai dit ma haine de ce qu'il avait fait de moi.

Il s'est couché et relevé, plusieurs fois, il gémissait, il tremblait, il avait mal de tout ce que j'avais dit, il voulait que les mots s'arrêtent. Je lui ai dit que je ne pouvais pas arrêter les mots mais qu'on arrêterait la chose, là, à Miami. Les mots non, ils étaient restés trop longtemps en moi et ils sortaient en un flux continu, je les vomissais. Il a fait les cent pas dans la chambre en déclarant qu'il n'en pouvait plus, comme une litanie.

J'ai murmuré : « Il ne va rien se passer. Plus rien. » Il s'est recouché et endormi presque aussitôt, de soulagement je crois. Soudain calmé que de ma bouche soient enfin sortis les mots qu'il attendait autant qu'il les redoutait : « C'est fini. »

Alors en silence, assise à côté de lui assoupi, j'ai laissé venir à moi la petite misère du dehors, celle qui sourdait de la grande baie vitrée sur la ville. Elle s'accordait si bien à l'autre, celle que j'avais couvée pendant douze ans, et qui avait grandi en moi, à l'abri de notre liaison. J'ai pleuré en silence et sur les draps empesés les larmes roulaient sans pénétrer la toile. J'ai regardé son corps – son volume sous les draps, la jambe qu'il avait passée au-dessus – en pensant que je ne le reverrais plus. Il m'était étrangement familier. Savoir ce corps à jamais séparé de moi, à jamais hors d'atteinte, m'était une déchirure insupportable. Ce corps auquel j'avais aimé me fondre, si longtemps et si souvent, s'était inscrit dans le mien, il ne m'était pas extérieur, il faudrait l'extirper de moi. Cela me ferait un mal de chien, des années, je le savais.

Je ne pouvais pas me détacher de cette masse sous le drap. Dans la nuit fraîche de Miami, il était en train de mourir un peu. On vit dans le grand amour des autres, dès le premier jour, on en vit, on en souffre quand il n'y en a pas assez, et on en crève quand il s'en va. Sa présence, le climat autour de lui, sa voix, l'espace qu'il occupait, sa façon toujours un peu sombre de regarder l'existence, qui donnait à sa bonne humeur, quand elle arrivait, la valeur d'un miracle, tout cela serait un peu moins vivant quand je partirai.

Il m'est venu en tête que je me faisais une grande violence, bien trop grande, à vouloir cette rupture si fortement, alors que je ne poserais plus les yeux sur un homme pendant des mois, et que j'excluais ainsi de ma vie, à plus de quarante-cinq ans, la seule présence masculine qui vaille. Séparée de l'homme avec qui j'avais fait le premier morceau du chemin, je me retrouvai, comme toutes les femmes divorcées de mon âge, avec mes amies. Pour un temps qui pourrait varier d'un an à une éternité. Je les regardais, je les aimais, elles étaient toutes – ou presque, en tout cas bien plus que la statistique – abandonnées, fortes et souriantes, l'œil plissé de nouvelles petites rides qui étaient venues se creuser là, sur leurs beaux visages de femmes, à la faveur des pleurs et des nuits sans sommeil. On dînait ensemble, on allait au ciné, on riait comme des adolescentes, on parlait de nos procédures de divorce, des mérites de la garde alternée, on prenait des places sur Internet pour aller voir les expositions, on profitait d'un week-end sur deux pour faire ce qu'on n'avait pas fait pendant les quinze dernières années : lire, se reposer, se faire belle. Mais pour qui ? Il n'y avait plus d'hommes. Ils étaient tous partis, avec des plus jeunes, avec des hommes, avec personne. Une immense tendresse m'est venue pour ces amies-là, celles à qui la pilule et la liberté de choisir un garçon n'avaient jamais fait défaut, ces filles de la chance nées dans les années soixante, qui avaient porté les espoirs de leurs parents sur les bancs de l'école, plus brillantes que leurs frères, plus diplômées. Celles à qui leurs mères n'avaient pas appris la cuisine parce que « tu as mieux à faire, ma chérie », celles qui étaient entrées dans des réunions d'hommes et s'étaient assises à côté d'eux, celles qui avaient inventé des prodiges d'organisation pour tenir maison et enfants haut et fort, coûte que coûte. Elles étaient là échouées sur une rive inconnue et nouvelle, ces compagnes d'infortune, même pas dépendantes, simplement seules, à affronter encore tant de violences : celle du travail, de l'entreprise qui, dans cinq ans, les trouveraient trop vieilles et trop chères, des enfants en échec scolaire, de leurs adolescents en mal-être. Elles avaient encore tout et le portaient bien – une carrière, de l'argent, un certain éclat physique, une assurance gagnée au combat – et d'aucuns les auraient traitées de nanties. Mais parfois, au détour d'une conversation, après un verre de vin blanc, à un léger soupir, à la lourdeur des paupières soudain, au silence qui venait à la fin de la soirée, elles laissaient entrevoir une fatigue, un peu de désarroi, un découragement. Roch m'avait retenue longtemps en marge de cette lassitude, dans cette énergie de l'amour, mais là, assise à côté de son fantôme endormi, j'allais les rejoindre toutes.

Sur ce lit de rupture où son souffle régulier disait l'apaisement, je mesurais la solitude qui m'attendait, et à l'idée de ne plus faire l'amour, oui, surtout à celle-là, pourquoi ne pas le dire, je tremblais un peu, intérieurement.

Quand il s'est réveillé, c'était comme s'il avait compris cela, comme s'il savait que cela m'avait torturée jusqu'à l'aube. Il était encore au bord du sommeil et il m'a dit « viens », je me suis couchée sur lui pour le faire encore, tellement doucement.

Puis je me suis écartée sans trop le regarder, j'avais peur, peur de ne plus avoir de courage. Je suis allée courir sur la plage à l'heure où les boîtes de nuit ferment. Çà et là des gens dormaient sur le sable. À la montée du soleil se produisait un drôle de chassé-croisé, les plus pauvres et les plus riches se retrouvaient là, les uns arrivaient en survêtement de luxe, avec leurs *dog-trainers* et leurs coaches, les autres repartaient en ville avec un sac plastique pour tout bagage. On patrouillait ferme tout le long de la plage, pour maintenir les extrêmes en paix. Partout c'était pareil, à Djerba, à Shanghai, à Phuket, à Cancún, cette richesse et ce dénuement collés l'un à l'autre. Cette violence-là me saisissait toujours. S'il ne se trouvait pas quelques hommes de bonne volonté, un jour pas si lointain tout cela exploserait. Dans la brise matinale tout allait encore bien, la course m'apaisait, en m'étirant je sentais que ma machine corporelle tournait aussi rond que le monde.

En rentrant dans la chambre, j'ai trouvé Roch au travail comme d'habitude, fiché devant l'ami ordinateur. J'en ai un dans ma vie aussi, je ne trouve rien à redire. C'était bien cette obsession-là, et pas moi, qui avait tendu son couple presque jusqu'à la cassure, quelques années auparavant. Depuis, sa femme avait fait son deuil d'une vie où son addiction au travail muterait en une passion contenue, elle avait changé, s'était mise à travailler elle aussi. Comme je la comprenais. Je l'ai entouré de mes bras, il a glissé sa tête dans mon cou, cette douceur-là m'a émue aux larmes. Je lui ai murmuré : « Passons encore une bonne journée, si tu veux. » Il m'a chuchoté « oui » en baisant mes lèvres.

J'ai mis une robe toute rouge, et j'ai tenu jusqu'à l'après-midi. Il a voulu dormir un peu sur la plage après le repas, tout près de la jolie cabane des sauveteurs, et quand il se réveillera, je serai partie.

Il est 16 heures, il dort profondément, et je pars. Parce qu'il a trop dormi. On ne peut pas dormir quand tant de choses bouillonnent dans la tête de celle à qui on tient la main. Douze ans qu'il dort pendant que je veille. Assez de temps pour qu'après le bonheur vienne la détresse et que se creuse une mauvaise blessure difficile à guérir, celle de son corps loin de moi, celle de lui endormi sur la plage pendant que je règle en toute hâte la note de l'hôtel et m'engouffre dans le taxi de l'aéroport.

Je lui ai écrit une lettre que je laisse dans la chambre, si vite qu'elle me brûle encore la main. Il la lira parce qu'il a toujours été curieux de cette étrange fièvre que j'ai à écrire. Je ne lui écris que ce qu'il sait déjà, ma blessure, pour que l'homme qui a été aimé la porte un peu, qu'il soit le dépositaire fidèle de cet inventaire d'heurs et malheurs, de l'existence d'une maîtresse qui aurait pu se contenter un jour, comme tant d'autres avant elle, d'aller, en tailleur bleu ciel si possible, à l'enterrement de son défunt amant, serrer la main de sa rivale éplorée. Pour qu'il se rappelle les cicatrices dans ma tête, celles dont il savait qu'elles étaient encore douloureuses, les autres qu'il devinait à force de converser avec moi, contre ma joue, dans des hôtels, des cafés, des restaurants, des parkings, peau contre peau, entre les draps de l'amour froissés à Miami. Pour que ce gentil pathos trouve, un jour, sous ses yeux, un peu réparation.

C'est ainsi que Roch me laisse partir au milieu de sa sieste.

J + 4319

Depuis Miami, nous nous sommes peu parlé. Le travail nous propulse chaque jour l'un vers l'autre, fournisseur client, et cette proximité obligée nous trouve désemparés. Une très bonne psychologue me pousse dans mes retranchements depuis trois mois. « Êtes-vous certaine de vouloir cette séparation ? C'est vous qui avez décidé cette rupture. Vous pouvez revenir sur cette décision. Que vous dit-il ? » Il me dit qu'il m'aime. Il m'a appelée l'autre jour du TGV qui l'emmenait chez sa femme, un vendredi soir. Il ne m'a dit que cela, dans le brouhaha du fer sur les rails : « Écoute-moi bien, je voulais juste te dire… je t'aime. » Mais il ne partira pas, il le dit aussi.

« Qu'en savez-vous ?

— Cela fait quelque temps que j'attends.

— Néanmoins, ne vous êtes-vous pas contrainte à quelque chose que vous ne désirez pas et qui vous fait souffrir ? Ne parvenez-vous pas à vivre pleinement en étant sa maîtresse ?

— De cela je suis certaine : non.

— Réfléchissez. Vous aimez cet homme, il vous aime. Si vous voulez renouer avec lui, vous pouvez.

— Mais je l'ai tant insulté, j'ai hurlé, j'ai vidé mon sac.

— Vous pouvez. Seulement si vous le voulez. Tendez la main, vous verrez… »

Mes amis proches me disent la même chose, à voir mon apathie qui s'éternise.

Arrive alors sur mon bureau cette invitation à Pleyel. C'est un grand concert, une belle soirée avec l'Orchestre de Paris et un grand chef japonais qui se déplace peu. Il est indiqué « tenue de cocktail ». Comme le patron en question a organisé cela pour ses clients, le programme est accessible, il n'explore pas des œuvres rares mais entend réjouir des oreilles peu averties en leur servant quelques hits de musique classique. Je me demande si finalement je ne préfère pas cela. Un brin de facilité qui ne nuirait pas à la musique classique. Roch aime la musique. La tentation est grande. Je laisse mûrir l'idée et l'invitation, en bonne place sur mon bureau, pendant quelques jours. Puis je décroche mon téléphone. Il dit oui tout de suite. « Mais es-tu sûre que cela soit une bonne idée ? » Oui. Je ne lui ai pas laissé l'espace d'un doute.

Le jour arrive. Nous nous retrouvons en hâte devant la salle Pleyel, à l'heure de la sonnerie. Je porte une robe en soie dégradée verte et grise avec un grand dos nu jusqu'à la taille. Il me regarde en osant à peine sourire et son bras qu'il m'offre pour monter l'escalier tremble un peu. Il croise d'anciennes relations de travail assez proches, qui connaissent sa femme, et ne lâche pas mon bras, il me présente au contraire, je le sens fier à mon côté. D'une certaine manière soulagé aussi, que cela soit encore possible de marcher en me tenant par le bras, d'être celui sur lequel je m'appuie un peu pour monter avec mes hauts talons ces quelques marches jusqu'à l'orchestre. J'ai le sentiment soudain qu'il ne cherchait rien d'autre depuis Miami, que cette légère pression sur son bras, confiante, celle d'une femme qui ne dépendrait pas entièrement de lui mais qui là, à cet instant, parce qu'elle s'était chaussée de haut, l'aurait choisi, lui entre tous, pour s'appuyer un peu, l'aider, oh pas beaucoup, juste là pour ces quelques marches. Une femme plus libre, qui n'aurait pas besoin de lui pour survivre, et qui l'aurait élu parce qu'entre tous les hommes qu'elle connaissait, il était celui qui lui plaisait. Pour une traversée alternative de l'existence, où l'on ne fait que se retrouver, après des manques et des absences, et d'où on aurait éliminé les pesanteurs, les plages d'inertie, les servitudes de la vie en commun, pour ne garder que cette électricité légère, cette petite pression sur un bras, et plus tard, le vertige de la communion. Il me regarde en coin pendant le concert, soulagé de me redonner pour un temps cette joie. Nos doigts se mêlent. La psychologue avait raison, ce n'était donc pas si compliqué. Les morceaux de musique sont si connus qu'on les chanterait à l'unisson de l'orchestre. Les musiciens jubilent aussi, ravis de cette occasion de faire ostensiblement plaisir à une foule néophyte.

À la sortie, nous marchons bras dessus bras dessous jusqu'à la brasserie lorraine. Pendant le dîner, je pleure un peu, comme une qui voudrait se faire plaindre, sur ces quatre mois sans lui, sur son « je t'aime » du TGV. Il me dit : « J'étais sûr que ce n'était pas une bonne idée ce concert. » Puis : « Je t'en prie, ne me demande plus de la quitter. » C'est ainsi, inopinément, à l'avant-dernière bouchée de la quiche, qu'il met fin à l'attente. En un éclair, je prends cette décision, je lui mens, je lui dis : « Ne t'inquiète pas, je suis prête, je ne te le demanderai plus. » Alors j'ai l'impression que tout va bien. Instantanément mon mensonge le libère. En se levant de table, il pose sur mon dos nu sa veste, et m'embrasse lentement, longtemps, sous les yeux du maître d'hôtel de la Lorraine. Il continue dans le taxi qui me dépose devant chez moi, et me dit : « Tu m'as manqué. » Il tient ma main jusqu'à ce que je descende et il demande au taxi d'attendre pour repartir que la porte cochère se referme sur moi. En rentrant dans ma chambre, je m'allonge sur le plancher, à la fois ravie et terrifiée : cela pourrait donc ne jamais s'arrêter.

L'attente perd de sa vigueur.

Elle se délite. Elle n'est plus sûre de son enjeu. Qu'est-ce qu'on voulait, au départ ? Cela fait tellement longtemps.

La donne a changé. Personne n'attend plus l'autre. L'asymétrie a mis Roch à disposition temporaire de celle qui l'attendait. Il est là, il ne veut pas ne pas être là, il sera là tant qu'elle voudra, c'est un peu la convention entre eux désormais. Il pense qu'il a brisé sa vie et que cette disponibilité est une forme de réparation. Et puis il y trouve son compte lui aussi. Il ne veut pas plus d'ennuis. La raison d'être de l'attente, cette tension entre eux deux, s'est évanouie.

L'attente est déçue. Elle veut quitter la scène. L'attente va tirer sa révérence, mais avant, elle aspire à un moment de grâce, à une célébration. On va célébrer la fin de l'attente, en grande pompe.

J + 4682

Les feuilles des grands marronniers luisent au soleil couchant. Par les vitres ouvertes, le vent de printemps entre, et ses bouffées chargées de pollen font renifler Roch. Au milieu de la coulée verte qui relie Paris à Versailles je conduis grisée et heureuse de cette soirée que j'ai fomentée. Il arbore son grand sourire, se laisse emmener dans ce lieu où il n'a pas mis les pieds depuis la visite en France de son correspondant anglais, en 1969.

Il scrute les façades le long des grandes artères de la préfecture des Yvelines, surpris de leur allure altière, de cette grandeur oubliée. Elles nous mènent droit au but de l'expédition, ce *Trianon Palace* où j'ai réservé la chambre de notre dernière nuit. À l'abord de l'hôtel, les graviers crissent sous mes roues, et nous échangeons un sourire à ce joli bruit, cet éloge sonore des demeures françaises, de leur esprit, de l'ordonnancement sans faille du végétal et du minéral autour de la belle harmonie d'une maison Ile-de-France. Le chasseur s'empare de la petite voiture, et nous gardons à la main le minuscule sac que nous avons chacun emporté, oh non, ce ne sera pas un long séjour. Entre les colonnes, des clients ont pris place au bar. Nous montons dans la chambre pour poser nos sacs. Elle est grande et sobre comme je le pensais, nous ouvrons la fenêtre sur le jardin éclairé, il m'enlace la taille très amoureusement, sa joue contre la mienne. Tout est joli, et c'est cela que je voulais pour lui dire adieu. Je ne voulais pas du regret de l'inaccompli, de la lourdeur de tout ce temps passé ensemble, de l'amertume qui a bien dû, parfois, s'immiscer dans cette histoire où chacun a accumulé, bon an mal an, de petites ou de grandes rancœurs. Je voulais simplement cette insouciance des premiers jours, où l'on ne sait pas bien encore où l'on va mais où l'on s'en réjouit, je voulais le parfum des marronniers et la légèreté d'une fête galante imaginée par Sofia Coppola. Je voulais le velouté de la soie noire que j'enfile pour lui avant de descendre au bar. Il a cette élégance de celui qui n'a rien pu faire, légèrement désabusé et soulagé. Il me dit que je suis jolie. Au bar, nous nous blottissons l'un contre l'autre dans un grand canapé de velours noir. Nous parlons peu et je sais qu'il jouit de l'instant. À un moment, il a ce geste d'abandon, sa tête roule dans le creux de mon épaule, sa grande masse s'est reposée un instant sur ma clavicule, il est courbé en deux vers moi. Je caresse son cou et l'entends murmurer mon nom. Puis il me souffle que nous n'aurions pas pu être heureux. Je médite cette parole qu'il a si souvent avancée comme une des raisons de son impossibilité à partir. Cela est terriblement banal, et peut-être terriblement vrai. Cela m'est égal à présent. Rien ne compte plus que ce moment d'humilité d'un homme mûr, en costume, trop âgé pour se lover en public dans les bras de sa maîtresse. Je sais à cet instant que rien n'est feint, que les quelques gouttes d'alcool que nous avons bues n'expliquent pas tout de ce bref laisser-aller, de cette petite perte de contrôle.

Le reste du repas se passe dans cette douceur, nous ne lâchons pas nos doigts car il est déjà tard et plus jamais ils ne se noueront ainsi au-dessus des verres, plus jamais il n'y posera ses lèvres. Lorsque nous quittons la table, il m'attire à lui et nos corps ne vont plus se détacher l'un de l'autre. Nous montons dans l'ascenseur flanc contre flanc, marchons liés dans le couloir silencieux. Il me fait l'amour avec une attention extrême, il regarde, il touche, la peau de mon cou, mes oreilles, mes mamelons salés qu'il goûte, mes cheveux, mes genoux de petite fille, l'arrière de mes mollets, mes fesses, mon clitoris. Il scrute et se repaît de ce qu'il a aimé et que j'ai décidé de ne plus offrir. C'est là sa plus grande constance, son attrait pour mon corps, ses recoins, ses surprises, seins d'adolescentes et mains de septuagénaire.

Je sais à mon âge qu'il se pourrait bien que la poésie de mon corps n'intéresse plus grand monde, désormais. Il est tant de corps plus beaux, plus univoques, plus faciles. Que pour se passionner ainsi pour un corps il a bien fallu s'intéresser longuement à la personne.

Il ne jouit pas, s'épargne pour me prendre encore une fois, plus tard.

Au matin, il avale un café noir, ne touche à rien d'autre sur la table roulante nappée de blanc, et me regarde petit-déjeuner, jouant de tous ces ustensiles argentés des palaces, théière, pot à lait, coquetier, cuillère à confiture, à miel. Il observe mon appétit, ma gourmandise, mes mélanges thé-lait, lait-thé. Le spectacle est assez jubilatoire, je le sais, et il s'en régale. Tant de fois il m'a regardée manger, surpris qu'autant de mets entrent dans ce petit corps sans plus de dommages.

C'est ensuite que vient le dénouement. C'est alors qu'il est dans la douche et que l'eau brûlante ruisselle sur son grand corps, emplissant la salle de bains de vapeur. Alors je vais ouvrir la fenêtre sur le jardin, je m'assieds en peignoir sur le chambranle. L'air frais du matin pénètre la pièce carrelée de blanc. Dehors le vert tendre du printemps éclabousse les allées et la pierre. Tout a si peu changé depuis qu'une jeune Autrichienne vint cacher ici ses amours adultères. Un jeune serveur vêtu de blanc a l'allure d'un Watteau, et je pourrais passer là, assise dans l'angle de la fenêtre, le reste de ma vie. La scène est suspendue dans sa perfection, la silhouette du serveur se découpe immaculée dans le vert du gazon. Il est beau comme un Gilles, la tête inclinée, l'air ailleurs. Dans la pièce, la lumière du soleil gicle sur les carreaux de faïence biseautés, plus petits qu'à l'ordinaire. Elle me renvoie d'un coup tous les éclats de cet amour, ces reflets de moi et de lui, infinis. Les treize ans se diffractent en mille aperçus d'intimité. Tout s'est passé dans des lieux comme celui-ci, dans des chambres, dans des caches, dans des salles de bains, dans des restaurants. Et il s'est passé si peu de choses. Il fallait donc que ce sentiment, que ce désir soient bien puissants, pour que sur la faïence blanche se lise encore, après si longtemps, la grâce d'une rencontre. Il me vient que j'ai vécu plus avec lui qu'avec quiconque, que délivrés de cette vie commune nous serons l'un et l'autre tout à fait ordinaires, et que cela m'apaisera.

Je me retourne pour regarder son corps derrière la vitre dépolie et embuée, la couleur ambrée de sa peau. Il s'éternise sous la douche, sous cette pluie de souvenirs. L'eau continue de couler et je n'ai pas envie qu'elle s'arrête. Lorsqu'il sort enfin, il attrape une serviette d'un geste ample. La vapeur de la douche s'échappe de la cabine et engloutit sa silhouette dans un nuage. Plus jamais je ne le verrai net.

Photocomposition Nord Compo
Villeneuve-d'Ascq

Cet ouvrage a été imprimé en France par

CPI
BUSSIÈRE

à Saint-Amand-Montrond (Cher)
en avril 2012

N° d'impression : 121409/4
Dépôt légal : mai 2012